ARENA KINDERBUCH-KLASSIKER

Dezember 2016

Liebe Gaia!

Herzlichen Glückwunsch und alles Liebe und Gute zu Deinem Geburtstag!

Dieses Märchenbuch kann Dir die Mama vorlesen - mit ihr habe ich diese Geschichte nämlich vor viiiielen Jahren in München im Theater gesehen und es hat mir sehr gefallen. Hoffentlich magst Du sie auch.

Happy Birthday,
grosses Mädchen!

Deine Tante Miri
mit Thomas, Livia und Finn

Gerdt von Bassewitz

Peterchens Mondfahrt

Mit Bildern von
Hans G. Schellenberger

Arena

In neuer Rechtschreibung

Sonderausgabe 2004

Ungekürzte Fassung des Originaltextes von 1915
Mit einem Nachwort von Dr. Freya Stephan-Kühn
Einbandillustration: Bernhard Oberdieck
Innenillustrationen: Hans G. Schellenberger
Gesamtherstellung: Westermann Druck Zwickau GmbH
ISBN 3-401-05705-7

Inhalt

Die Geschichte der Sumsemanns

»Sumsemann« hieß der dicke Maikäfer, der im Frühling auf einer Kastanie im Garten von Peterchens Eltern hauste, nicht weit von der großen Wiese mit den vielen Sternblumen.
Er war verheiratet gewesen; aber seine Frau war nun tot. Ein Huhn hatte sie gefressen, als sie auf dem Hofe einherkrabbelte am Nachmittag, um einmal nachzusehen, was es da im Sonnenlicht zu schnabulieren gab.
Für die Maikäfer ist es nämlich sehr gefährlich, am Tage spazieren zu gehen. Wie die Menschen des Nachts schlafen müssen, so schlafen die Maikäfer am Tage.
Aber die kleine Frau Sumsemann war sehr neugierig und so brummte sie auch am Tage herum. Gerade hatte sie sich auf ein Salatblatt gesetzt und dachte: Willst mal probieren, wie das schmeckt! . . . Pick! – da hatte das Huhn sie aufgefressen.
Es war ein großer Schmerz für Herrn Sumsemann, den Maikäfer. Er weinte viele Blätter nass und ließ seine Beinchen schwarz lackieren. Die waren früher rot ge-

wesen; aber es ist Sitte bei den Maikäfern, dass die Witwer schwarze Beine haben in der Trauerzeit. Und Herr Sumsemann hielt auf gute Sitte, denn er war der letzte Sohn einer sehr berühmten Familie.

Vor vielen hundert Jahren nämlich, als der Urahn der Familie Sumsemann sich gerade verheiratet hatte, geschah ein großes Unglück.

Er war mit seiner kleinen Frau im Wald spazieren geflogen – an einem schönen Sonntagabend. Sie hatten viel gegessen und ruhten sich ein wenig auf einem Birkenzweiglein aus.

Da sie aber sehr mit sich selbst beschäftigt waren, denn sie waren jung verheiratet, merkten sie nicht, dass ein böser Mann durch den Wald herbeikam; ein Holzdieb, der am Sonntag stehlen wollte. Der schwang plötzlich seine Axt und hieb die Birke um. Und so schrecklich schlug er zu, dass er dem Urgroßvater Sumsemann ein Beinchen mit abschlug.

Fürchterlich war es!

Und sie fielen auf den Rücken und wurden ohnmächtig vor Angst.

Nach einiger Zeit aber kamen sie zu sich von einem hellen Schein, der um sie leuchtete.

Da stand eine schöne Frau vor ihnen im Walde und sagte: »Der böse Mann ist bestraft für seinen Waldfrevel am Sonntag. Ich bin die Fee der Nacht und habe es vom Monde aus gesehen. Zur Strafe ist er nun mit dem Holz, das er umgeschlagen hat, auf den höchsten Mondberg

verbannt. Dort muss er bleiben bis in alle Ewigkeit, Bäume abhauen und Ruten schleppen.«

Aber der Urgroßvater Sumsemann schrie und sagte: »Wo ist mein Beinchen, wo ist mein Beinchen, wo ist mein kleines sechstes Beinchen?«

Da erschrak die Fee. »Ach«, sagte sie, »das tut mir sehr Leid; es ist wohl an der Birke hängen geblieben und nun mit auf den Mond gekommen.«

»Oh, oh, mein Beinchen, mein kleines sechstes Beinchen!, schrie der arme Urgroßvater Sumsemann und seine kleine Frau weinte schrecklich. Sie wusste, dass nun alle ihre Kinder nur fünf Beinchen haben würden statt sechs, denn es vererbt sich. Und das war schlimm.

Als aber die Fee den großen Jammer sah, hatte sie Mitleid mit den Käfertierchen und sagte: »Ein Mensch ist zwar sehr viel mehr als ein Maikäfer und deshalb kann ich die Strafe für den bösen Mann nicht aufheben; aber ich will erlauben, dass gute Menschen, wenn ihr sie findet, euch das Beinchen wiedergewinnen können. Wenn ihr zwei Kinder findet, die niemals ein Tierchen quälten, dann dürft ihr auf den Mond mit ihnen und das Beinchen wieder holen.«

Da waren die beiden etwas getröstet und flogen heim und trockneten ihre Tränen.

Diese Geschichte hatte sich bald unter allen Käfern herumgesprochen; alle Mücken, Grillen und Ameisen wussten es, sogar die Libellen und Schmetterlinge hatten davon gehört. Die Familie der Sumsemanns war berühmt geworden. Sie galt auf allen Wiesen und in allen Bäumen für ein sehr vornehmes Geschlecht.

Aber die Sumsemänner und Frauen hatten viel Leid von ihrem Ruhm, denn immer wieder wurden sie totgeschlagen, wenn sie nachts in die Stuben kamen, um die Kinder zu bitten; oft von rohen und unverständigen Dienstmädchen, oft auch von den Kindern selbst.

Dies war der große Fluch, der auf der Familie lastete.

Und so kam es, dass zuletzt nur noch ein Sumsemann übrig war auf der Welt, der Witwer, dessen Frau von dem Huhn gefressen wurde, weil sie so neugierig am Tag herumflog statt zu schlafen.

Er war ein sehr vorsichtiger Mann, hielt sich immer ein wenig abseits von den anderen Maikäfern, und besonders seit seine Frau tot war, liebte er die Einsamkeit.

Da saß er in der Dämmerung, wenn er sich satt gegessen hatte, auf irgendeinem Zweiglein, geigte sehnsüchtige Liederchen an den Mond und die große Ballade vom sechsten Beinchen, das noch immer dort oben war.

Manchmal spielte er sich auch ein lustiges Liedchen. Dazu tanzte er dann auf den großen Kastanienblättern herum. Das sah sehr komisch aus.
Die anderen Maikäfer veranstalteten allabendlich ein großes Brummbass- und Paukenkonzert unter dem Baum. Herr Sumsemann aber sagte regelmäßig ab, wenn sie ihn dazu einluden, und das ärgerte sie sehr.
»Er ist hochnäsig«, sagten sie, »seit er nicht mehr den Brummbass, sondern die Geige spielt.«
Aber es war nur Neid von ihnen. Sie hatten nämlich alle nur ihre Pauken und dicken Brummbässe; er aber hatte eine kleine silberne Geige, die funkelte wie das Mondlicht und hatte einen Ton, so fein wie die winzigen, singenden Mücken, die in der Sonne tanzen.

Diese Geige war ein altes Familienerbstück.
Einst hatte ein Herr Sumsemann der Grille Zirpedirp, die auf der Sternblumenwiese wohnte, das Leben gerettet, als sie zu hoch auf einen Baum gestiegen war und einen Schwindelanfall bekam.
Zum Dank für diese mutige Tat hatte die Grille ihrem Lebensretter die silberne Geige geschenkt. Die erbte seither im Geschlecht der Sumsemanns immer der älteste Sohn und sie wurde hoch in Ehren gehalten. So war nun der letzte Sumsemann auch der letzte Erbe.

All dies machte ihn sehr stolz. Man kann es begreifen. Er führte ein bequemes Leben, war dick und vorsichtig und dachte immer daran, dass er sich nicht in Gefahr bringen dürfe.
Nur manchmal, wenn der Abend gar so schön war, packte es ihn und er wurde mutig.
Dann trank er ein Vergissmeinnichtschnäpschen nach dem anderen zur Erinnerung an seine Frau – obwohl sie damit ganz gewiss nicht einverstanden gewesen wäre – und in sehr angeregter Stimmung summte er in Zickzacklinien durch die Gärten.
Er störte die Mücken bei ihrem Abendtanz und die Leuchtkäfer beim Versteckspielen. Er rempelte die Apfelblüten an, dass die kleinen Marienkäferkinderchen herauspurzelten, die da eben einschlafen wollten. Er zerriss der schieläugigen Spinne die Fangnetze und

rannte ... bums! ... gegen alle Fenster, weil er nicht mehr genau unterscheiden konnte, ob ein Fenster offen oder geschlossen war. Es tat ihm aber nichts, denn er hatte einen sehr harten Schädel. »Hoppla!«, sagte er meistens nur und flog weiter, von gewaltigem Tatendurst getrieben. Ein Ritter bin ich, so dachte er, und der letzte Sumsemann!

In der Kinderstube

So war der letzte Sumsemann denn auch eines schönen Abends in das Schlafzimmer von Peterchen und Anneliese geraten, als die Kinder gerade von der dicken Minna zu Bett gebracht wurden.

Peterchen hatte natürlich sein Gebrumm gehört und wollte ihn greifen. Gut war nur, dass Minna die Jagd nicht erlaubte, denn sonst wäre Sumsemann vielleicht in eine schlimme Lage geraten. Sie war wahrscheinlich schwerhörig, denn sie hatte gar nichts gehört und glaubte, dass Peterchen ihr nur etwas vormachen wolle, um im Hemdchen noch so »ein bissel« im Zimmer herumzuturnen.

Der Schreck war dem edlen Sumsemann aber doch scheußlich in die Glieder gefahren, und trotzdem er gerade heute besonders viele Vergissmeinnichtschnäpschen getrunken hatte, war all sein Mut fort. Er lag oben auf der Gardinenstange und stellte sich tot. Dies ist ein altes und bewährtes Mittel bei den Maikäfern, in großen Gefahren. Derweil aber passte er genau auf, was im Zimmer geschah.

Die Minna ging fort, als sie die Kinder ins Bettchen gepackt hatte, und Peterchen unterhielt sich mit Anneliese natürlich gleich über den Maikäfer.
Jetzt wurde es wieder gefährlich!
Der Sumsemann bekam oben auf der Gardinenstange kolossales Herzklopfen, als Peterchen plötzlich leise aufstand, um ihn zu suchen, weil Anneliese ein bissel Angst hatte.
Wer weiß, es hätte ihm doch ans Leben gehen können; obwohl die Kinder ja sonst gut waren. Aber man darf sich auf die Gutmütigkeit der Menschen nicht verlassen. Dies wusste er aus seiner Familiengeschichte.
Das Geschick war ihm aber günstig; denn gerade als Peterchen an der Gardine war und die Gefahr am höchsten stieg, kam die Mutter herein.
Husch!, wurde der kleine Junge wieder ins Bettchen gesteckt; beide Kinder mussten die Hände falten und das Nachtgebet sprechen.
Dann sang die Mutter ihnen noch ein Schlaflied. – Und sie sang die berühmte Maikäferballade. Hier ist sie:

»War einst ein kleines Käferlein,
Summ – Summ – Summ –
Hatte zwei braune Flügelein,
Summ – Summ – Summ –
Und sechs Beinchen hatte es auch
Unter seinem schwarzweißen Bauch,

Summm – Summm – Summm.
Saß auf einem grünen Baum,
Summm – Summm – Summm –
Träumte einen schönen Traum,
Summm – Summm – Summm –
Träumte von Sonne, Mond und Sternen
Und von fremden Länderfernen,
Summm – Summm – Summm.

Als der dunkle Abend kam,
Summm – Summm – Summm –
Käferlein sein Ränzel nahm,
Summm – Summm – Summm –
Wollt auf die große Reise gehn
Und die weite Welt besehn,
Summm – Summm – Summm.

Flog über einen breiten Bach,
Summm – Summm – Summm –
Verlor ein kleines Beinchen, ach! . . .
Summm – Summm – Summm –
Reiste nur noch mit fünf Beinen,
Tat so bitterlich drum weinen,
Summm – Summm – Summm.

Flog es nach dem Mond geschwind,
Summm – Summm – Summm –
Kam ein großer Wirbelwind,

Summm – Summm – Summm –
Brach ein Flügelchen entzwei;
Ach, das gab ein groß Geschrei!
Summm – Summm – Summm.

Fiel in einen tiefen Wald,
Summm – Summm – Summm –
Starb an seinem Kummer bald,
Summm – Summm – Summm –
Musst die Reis ein Ende haben;
Sandmännchen hat es eingegraben,
Summm – Summm – Summm.«

»Seltsam!« – Herr Sumsemann oben auf der Gardinenstange wunderte sich, dass die Menschen dies Lied auch kannten.
Es war ihm aber ein neuer Beweis für die Berühmtheit der Maikäfer auf der weiten Welt und dies beruhigte ihn sehr.

Als die Kinder nun eingeschlafen waren und die Mutter aus dem Zimmer ging, fasste er neuen Mut. Ganz leise rappelte er sich auf und spazierte in der Stube herum.
Er besah und beschnüffelte alles.
Eine Puppenstube, ein Schaukelpferdchen, ein Lämm-

chen, Soldaten und Bilderbücher waren da. – Lauter langweilige Sachen!
In der Puppenstube war allerdings etwas Zucker; aber Zucker? – Puh, den mochte er nicht! Er verstand gar nicht, wie man so was essen könnte.
Dann waren noch zwei Körbchen mit Äpfeln da. Die Mutter hatte sie den Kindern für morgen hingestellt, wenn sie recht brav ausgeschlafen hätten. Er schüttelte den Kopf. Wie konnte man nur Äpfel essen?! – Unbegreiflich war ihm das. Gräuliche Bauchschmerzen hätte er bekommen. Er aß nur Salat; das war vornehm.

Komisch, was den Menschen alles gut schmeckt!, dachte er und dabei musste er laut lachen.
Da er aber so viele Vergissmeinnichtschnäpse getrunken hatte, geriet er plötzlich aus dem Gleichgewicht und purzelte auf den Rücken.
Au! . . . das war eine außerordentlich fatale und unangenehme Lage für den dicken Sumsemann, denn jeder weiß, dass es für Maikäfer sehr schlimm ist, auf den Rücken zu fallen, weil sie sich dann gar nicht mehr recht aufrappeln können.
Er angelte also mit seinen fünf Beinchen in der Luft herum und dachte: Jaja, das kommt von den Schnäpschen, die man zum Andenken an die tote Ehefrau trinkt! –
Lebte sie noch, sie hätte ihm sicher eins ausgewischt für die vielen Schnäpschen.
Er wiegte sich nach rechts und links wie ein kleines Boot, kreiselte herum wie ein Karussell und quälte sich sehr.
Endlich geriet er in die Nähe eines Tischbeins und daran konnte er sich stützen, sodass er wieder hochkam.
Ganz schmutzig war sein schöner, brauner Rock geworden. Alle Knöpfe waren abgeplatzt und eine lange Naht war aufgerissen. Gut, dass ihn seine Frau nicht mehr sehen konnte.
Nun saß der Sumsemann eine Weile am Tisch und dachte nach, womit er sich die Zeit vertreiben könnte.

Da er aber weiter nichts anzufangen wusste und über die traurige Stimmung hinwegkommen wollte, nahm er seine kleine Geige und spielte sich ein lustiges Maikäfertänzchen; dazu sang er:

»Eins, zwei, drei – eins, zwei, drei,
Fiel eine Biene in den Brei;
Plumsdibums,
Dideldumdei! –
Alle Käfer sitzen drum herum,
Lachen sich schief,
Lachen sich krumm,
Brumm, brumm!

Vier, fünf, sechs – vier, fünf, sechs,
Macht eine Fliege einen Klecks;
Putschpitschpatsch,
Klickklackklecks! –
Pfui, ruft jeder rechte Käfermann,
Seht sie an,
Was sie kann,
Heran, heran!

Sieben, acht, neun – sieben, acht, neun,
Tanzen alle kleinen Käferlein;
Ringelreih,
Dideldudeldei! –
Um die dicke Linde mit Gesumm,

Rechts herum,
Links herum,
Brumm, brumm!«

Dabei wurde er so fidel, dass er ganz vergaß, wo er war, und sehr erschrak, als Peterchen und Anneliese plötzlich laut auflachten, weil er gar so komisch herumsprang bei seinem Tanz.
Er hatte sie nämlich mit seiner Musik aufgeweckt und gar nicht bemerkt, dass sie ihm schon eine ganze Weile zusahen.
Eigentlich hatte er Angst und wollte sich schnell totstellen, aber die Kinder lachten so vergnügt, dass er sich wieder ein Herz fasste.
Er legte also seine Geige auf den Tisch, strich seine schöne, schwarz-weiße Weste glatt, richtete die kleinen Fühlhörnchen an seinem Kopf auf, machte eine Verbeugung und stellte sich vor: – »Herr Sumsemann!« –
Die Kinder waren aus ihrem Bettchen geklettert, und da sie wussten, was sich gehört, machte Peterchen auch eine Verbeugung, Anneliese einen Knicks und sie stellten sich ebenso vor.
Nun aber waren sie schrecklich neugierig, beguckten und befühlten den Sumsemann überall, bewunderten die kleine Geige und wollten alles wissen.
Dem dicken Maikäfer wurde ganz schwindlig von all den Fragen nach der Grille Zirpedirp und nach der toten Frau, die das Huhn gefressen hatte.

Plötzlich hatte Peterchen auch entdeckt, dass ihm ein Beinchen fehlte.

Der wusste nämlich ganz genau, wie viele Beinchen ein ordentlicher Maikäfer haben muss, und darum fragte er nun.

So war also wirklich der große Augenblick für den Letzten der Sumsemanns gekommen: Zwei *gute* Kinder fragten ihn nach seinem Beinchen.

Viele hundert Jahre hatten seine Ahnen und Vorfahren dies ersehnt und waren totgeschlagen worden. – Und jetzt – jetzt!!

Ihm wurde ganz grün vor den Augen, seine Flügel zitterten vor Aufregung und beinahe wäre er auf den Rücken gefallen.

Aber er beherrschte sich doch, so gut es ging, holte tief Luft, wischte sich mit einem grünen Lindenblättchen, das er immer als Taschentuch benutzte, den Schweiß von der Stirn, machte eine sehr geheimnisvolle Miene und sagte: »Ja, das ist eine sehr traurige und wunderbare Geschichte!«

Nun wollten die Kinder natürlich die Geschichte hören, schleppten drei Schemelchen herbei und gleich darauf saßen sie, der Maikäfer in der Mitte, Peterchen links und Anneliese rechts, dicht neben ihm.

Es war totenstill in der Stube und sehr geheimnisvoll.

Der Mond sah groß und gelb durch die Blumen vor dem Fenster und der Maikäfer erzählte langsam und feierlich mit einem leisen brummenden Stimmchen die Geschichte vom Beinchen, von der Nachtfee und vom Mondmann.

Staunend hörten die Kinder zu.

Ja, das war wirklich eine wunderbare und geheimnisvolle Geschichte!

Es war ihnen ganz seltsam zu Mute, als der Maikäfer nun mit dem Erzählen fertig war und sie mit zwei großen Tränen in seinen runden Glotzäugelchen fragend anguckte.

Peterchen war sehr gerührt und Anneliese wischte sich mit ihrem Hemdzipfelchen sogar die Augen, weil ihr immer die Tränen kamen.

Dann aber fasste sich Peterchen ein Herz und sagte, dass er das Beinchen schon recht gern mit Anneliese vom Mond herunterholen möchte; aber der Mond – das hatte er schon mal gehört vom Vater –, der wäre sehr weit fort, da oben irgendwo ganz hoch in der Luft; und wer nicht fliegen könnte, würde wohl niemals hinaufkommen.

Anneliese wusste zwar noch weniger vom Mond als Peterchen; aber hoch war er sicher, vielleicht noch höher als der Schornstein auf dem Haus, und sie hatte doch ein klein bisschen Angst, dass man kaputtgehen könnte, wenn man da hinaufwollte, ohne richtig fliegen zu können.

Sie sah ganz verlegen aus.
Der Sumsemann aber wusste: Wenn die Kinder nur wollten, so war es schon gut; wenn sie den guten Willen hatten zu helfen, dann konnte er sie sogar das Fliegen lehren. So stand es nämlich in der Familiengeschichte der Sumsemanns deutlich mit weißer Tinte auf grünen Blättern geschrieben. Er hatte es auswendig gelernt.
Selig umarmte er die beiden Kinder und sagte, dass sie das Fliegen sehr leicht von ihm lernen könnten, wenn sie nur ein bisschen aufpassten, wie er es mache.
Na, das war was für Peterchen und Anneliese! –
Sie fingen laut an zu lachen und tanzten wie toll in ihren Hemdchen im Zimmer herum.
Aber es galt, keine Zeit zu verlieren, wenn sie noch nach dem Mond fliegen wollten. Und so setzte der dicke Maikäfer sich in Positur, um den Kindern etwas vorzufliegen.
»Aufgepasst!«, sagte er, nahm seine kleine silberne Geige ans Kinn, spielte und sang dazu:

»Rechtes Bein – linkes Bein,
Rechtes Bein – linkes Bein,
Rechtes Bein und linkes Bein ...
Summ! – dann kommt das Flügelein ...
Summ – Summ – Summ!« –

Da flog er auch schon im Zimmer herum und die

Kinder klatschten vor Vergnügen laut in die Hände. Jetzt sollten sie es nachmachen. – Es war ein feierlicher Augenblick!

Peterchen stellte sich in Positur und Anneliese daneben, mit ein ganz klein wenig Herzklopfen. Der Maikäfer stand vor ihnen mit der Geige, sie mussten die Ärmchen ausbreiten, und während er geigte und sang, machten sie gehorsam die komischen Schritte nach, die er vorhin vorgemacht hatte.

Plötzlich, als er sang: »Summ! – dann kommt das Flügelein« . . . was war das? . . . Sie erhoben sich von der Erde in die Luft . . . ja . . . sie flogen richtig rund im Zimmer herum!

Zuerst waren sie so erstaunt, dass sie nur die Augen ganz weit aufrissen und auch die Mäulchen.

Dann aber konnte es Anneliese nicht mehr aushalten vor Vergnügen; denn es war wirklich zu schön, so wie ein richtiger Käfer in der Luft herumzusummen. Sie lachte laut auf, strampelte mit den Beinchen und klatschte begeistert in die Hände . . . Bauz!! . . . Da lagen sie beide auf der Nase!

Sie guckten den Herrn Sumsemann sehr erstaunt an.

»Das kommt vom Klatschen«, sagte der.

Natürlich, wenn man fliegen will, darf man nicht in die Hände klatschen! Das tun ja die Maikäfer auch nicht beim Fliegen.

Obwohl sie sich doch ein wenig wehgetan hatten beim Herunterpurzeln aus der Luft, verkniffen sie die Tränen und standen tapfer wieder auf. Anneliese war sehr verlegen, denn sie hatte ja angefangen mit der Strampelei.

»Noch einmal!«, hieß es jetzt und wieder geigte und sang der Käfer, sie machten die Schritte, die er vorgemacht hatte, und als die Zeile kam: »Summ! – dann kommt das Flügelein . . .«, flogen sie, genau wie vorher, ganz hoch in die Luft.

Nun hüteten sie sich aber zu klatschen, und obwohl es so schön war, dass sie wieder laut lachen mussten, hiel-

ten sie doch ihre Arme ruhig ausgebreitet und strampelten nicht mit den Beinen wie vorher.
So blieben sie in der Luft, solange der Maikäfer geigte, und als das Liedchen aus war, glitten sie sanft, wie zwei kleine Schmetterlinge auf die Erde herab.
Es war sehr schön gewesen!
Peterchen meinte, dass es bei ihm richtig gebrummt hätte beim Fliegen, und Anneliese hatte auch so etwas bei sich gehört.
Herr Sumsemann fand das ganz in Ordnung, denn das Brummen gehört ja bei den Maikäfern auch zum Fliegen.
Nun also konnte das große Abenteuer beginnen.

Gelb und rund stand der Mond über der Sternblumenwiese vor dem Fenster.
»Es ist sehr weit«, sagte der Maikäfer, obgleich es ganz nah aussah; aber er musste es wissen.
Darum sollten sie Proviant mit auf die Reise nehmen. Hierfür waren die Äpfel von Muttchen gut. Aber auch die Puppe und den Hampelmann wollten sie nicht daheim lassen. Die mussten doch große Abenteuer miterleben!
Der Maikäfer zog zwar zuerst eine krause Nase, denn für Puppen und Hampelmänner hatte er gar kein Verständnis, der dumme Kerl.

Aber schließlich meinte er doch, »man könne nicht wissen, wozu es gut sei«; und so durften Püppchen und Hampelhänschen mit.
Natürlich schnallte sich Peterchen sein kleines Holzschwert ums Hemd, denn Kämpfe gab es sicher zu bestehen.
Damit war auch der Maikäfer sehr einverstanden. Er hatte nämlich doch etwas Angst vor der großen Reise. Wir wissen schon, dass er von Natur nicht sehr mutig war. –
Jetzt waren sie so weit.
Sie stellten sich hintereinander auf; der Maikäfer vorn, mit der kleinen Geige, dann Peterchen, dann Anneliese.
Das Liedchen ertönte, sie hoben die Arme, machten die Schritte, wie sie es gelernt hatten, und ... plötzlich ging die

Wand des Zimmers weit auseinander, die Sternblumenwiese lag vor ihnen, von Tausenden von Glühwürmchen beleuchtet, und sie flogen hinaus . . . über die Wiese hin . . . immer weiter . . . auf den großen, goldenen Mond zu, der vor ihnen über die Bäume guckte.

Der Flug nach der Sternenwiese

»Nanu!«, sagten die anderen Maikäfer, die gerade unter der großen Kastanie ein Konzert abhielten. »Hat der hochnäsige Geigensumsemann doch ein paar Kinder gefunden, mit denen er zum Mond fliegt?«

Sie waren so erstaunt, dass in ihr Brummkonzert ein ganz falscher Takt kam.

Die drei aber flogen so schnell, dass die Hemdchen der Kinder wie kleine Fahnen in der Luft flatterten. Beinahe hätten sie zwei kleine, verliebte Nachtschmetterlinge, die nicht aufpassten, über den Haufen geflogen.

Jetzt waren sie über dem See. Der funkelte leise. Alle seine Wellen waren von Silber. Und die dummen, dicken Karpfen, die dort wohnten, glotzten durch das Wasser, sehr erstaunt.

Oh!, dachte der Karpfenururgroßpapa. »Das sind aber ein paar seltsame Enten, die da oben flattern. Er hielt alles, was in der Luft flog, für Enten. Fünfhundert Jahre war er alt, aber schrecklich dumm, weil er fast immer schlief.

Oh, oh!, dachten die andern Karpfen. So viel hatten sie schon lange nicht gedacht und von der Anstrengung schwitzten sie große Luftblasen; die stiegen im Wasser hoch wie kleine Perlen.

Aber schon flogen die drei Abenteurer über den Wald hin.

»Guck!«, sagte das kleine Reh Ziepziep zu seiner Mutter. »Da fliegen zwei weiße Fledermäuschen!«

Doch die Mutter wusste es besser, denn sie hatte feine Ohren und hörte alles, was man im Walde erzählte.

»Es ist der Maikäfer Sumsemann, der mit zwei Kindern nach dem Mond fliegt«, sagte sie.

»Wollen sie den Mond fressen?«, fragte Ziepziep.

Es glaubte nämlich, dass man den Mond fressen könnte, weil er so ähnlich aussah wie eine gelbe Butterblume.

»Frag nicht so dumm und iss deinen Salat!«, sagte die Mutter.
Ziepziep war wirklich noch zu klein, um die berühmte Geschichte von dem Holzdieb und dem Maikäferbeinchen zu verstehen.
Immer schneller und immer höher flogen die drei. Das Haus, die Wiese, der See, der Wald lagen bald tief unter ihnen. Die Hügel, die Berge, an denen die weißen Nachtnebel hingen, versanken. – Und dann lag die ganze Erde dort unten, unermesslich tief in der blauen, stillen Nacht; mit allen ihren Ländern und Meeren; die große, liebe Erde in tiefem Schlaf.
Das Herz klopfte den Kindern, aber tapfer hielten sie die Ärmchen ausgebreitet und machten keine einzige falsche Bewegung. Der Maikäfer flog ihnen voran; er geigte unermüdlich und sang sein Liedchen dazu.

Seltsam! – Ganz anders sahen jetzt die Sterne aus als von der Erde, wenn man sie abends vom Garten her betrachtete. Als ob sie freundliche, liebe, lachende Gesichtchen hätten mit silbernen Löckchen drum.
Immer mehr wurden es, je höher man flog. Nur die großen konnte man von der Erde sehen, die kleinen sah man erst jetzt. Es waren viel, viel Hunderttausend.
Und plötzlich begann es, durch den schweigenden Himmelsraum wie von unzähligen Glöckchen zu klin-

gen; zuerst ganz fein und leise, dann immer lauter und deutlicher und immer schöner . . .
Nein! Es waren keine Glöckchen!
Jetzt hörten sie es deutlich; es waren viel tausend kleine Silberstimmchen ringsum.
Die Sterne sangen in der Nacht; und so war ihr Lied:

»Auf der Erde ist Frieden,
Auf der Erde ist Ruh,
Alle Kinderlein schlafen,
Haben die Äugelein zu.

Alle Tierlein auf dem Felde,
Alle Vöglein im Wald,
Alle Fischlein im Wasser
Träumen nun bald.

Hoch am Himmel, im Schweigen
Der heiligen Nacht
Halten viel tausend Sternlein
Treu ihre Wacht.

Silberglöckchen, die läuten,
Und Silberlicht rinnt
Und die Sternlein, die singen;
Süß träumt das Kind.«

Rings um die drei kleinen Abenteurer war während

dieses Gesanges ein wundersames Leuchten, das immer stärker wurde.

Es ging von einer weiten, silbernen Wolke aus, die vor ihnen im unendlichen Himmelsraum schwamm wie ein großer Nebel.

Man sieht manchmal des Nachts auf der Erde, hinter dem Garten über dem Fluss oder über dem See solche Wolken.

Wie Tücher sehen sie aus, die still und weiß in der Luft liegen. Nur viel heller, viel größer war dieser Nebel im Himmelsraum vor den Kindern. Und als sie nun immer näher kamen, sahen sie sehr sonderbare Dinge darauf.

Hunderte, Tausende von kleinen Stühlchen standen dort um ein schönes, silbernes Pult herum, genau wie die Kinderstühlchen in der Schule um das Lehrerpult. Neben dem Pult hing eine dicke, silberne Glockenschnur mit einer wunderschönen Troddel vom Himmel herunter; auf der andern Seite aber stand eine riesengroße Pauke neben einem mächtigen, silbernen Fernrohr.

Weit hinten, auf einem Hügelchen, von dem ein feiner Nebelweg nach vorn lief, sah man einen niedlichen, weißen Schäfchenstall mit einem rosenroten Dach darauf und runden, komischen Fenstern, die wie kleine Äugelchen guckten. Um das Ganze aber lief ein Gitterchen, so zart, als sei es aus Porzellan gesponnen worden.

Was war dies nur alles?
Es war die *Sternenwiese*, der sie sich näherten. Sie liegt mitten im Himmel und war die erste Station auf ihrer großen Fahrt.

Die Sternenwiese

Auf der Sternenwiese wohnt das Sandmännchen, das eine sehr wichtige Persönlichkeit im Himmelsraum ist und viele Ämter hat.

Es muss den Sternen Unterricht im Singen geben und es muss aufpassen, dass sie am Tage, wenn sie noch nicht am Himmel stehn, ihre Strahlen ordentlich putzen.

Lauter kleine, silberhaarige Mädchen sind die Sterne.

Jedes Kind auf der Erde hat sein Sternchen. Und wenn das Kind nicht artig war, wenn es Kuchen stibitzt hat oder wenn es gar gelogen hat, so entstehen auf der schönen Strahlenkrone seines Sternenmädchens hässliche Flecken, sie verbiegt sich oder sie bekommt Scharten.

Dann muss das kleine Sternchen putzen mit seinem goldenen Putzläppchen und sich mühen in der Sternenschule auf der Wiese, damit das Krönchen wieder blank und hell wird zur Nacht.

Das ist oft furchtbar schwer und die kleinen Sternchen seufzen dabei vor Mühe. Manchmal weinen sie sogar,

denn das Sandmännchen ist sehr streng und lässt es ihnen nicht durchgehen, wenn auch nur das kleinste Fleckchen noch da ist.
Meistens aber sind sie fröhlich und oft gar schrecklich ausgelassen; besonders im Winter, wenn Weihnachten nicht mehr weit ist. Dann hat das Sandmännchen Mühe Ordnung zu halten; so viel lachen sie.
Manchmal lachen sie über die Mondschäfchen, die am Tage in dem Stall auf dem kleinen Hügel wohnen und Purzelbäumchen schießen; manchmal über die Him-

melsziegen, die so komisch meckern; manchmal lachen sie auch über gar nichts und so laut, dass man es beinahe auf der Erde hören könnte. Das darf natürlich nicht sein. Dann haut das Sandmännchen auf die Pauke, sie bekommen einen Schreck und sind stille wie die Fischchen im See; aber nicht sehr lange.

So geht es auf der Sternenwiese zu, wenn auf der Erde Tag ist. Wenn aber der Abend kommt, wenn die Sonne auf der Erde untergeht, dann stellt sich der Sandmann feierlich vor sein Pult, alle Sternchen setzen ihre Kronen aufs Haar und sehen andächtig zu ihm auf. Er wendet im goldenen Mondbuch auf dem Pult feierlich eine Seite um und schreibt hinein, was die Kinder auf Erden am letzten Tag Gutes getan haben. – Er weiß alles, denn die Sternchen merken es an ihren Strahlenkronen. – Ist dies geschehen, so setzt er sein großes, silbernes Sandsiegel unter die Schrift, zwinkert ernsthaft mit seinen kugelrunden, freundlichen Äugelchen und zieht an der Glockenschnur.

In demselben Augenblick läutet es leise über den ganzen Himmel hin von ungezählten Glöckchen. Zu dieser Musik aber huschen alle Sternenmädchen von der Wiese fort und an den Himmel. Dort stehen sie dann für die Nacht als winzige Lichtpünktchen, jedes an seinem Platz. Sandmännchen aber läuft zu seinem Fernrohr und guckt, ob sie auch alle richtig stehen; denn manchmal verirrt sich eins ein wenig an dem großen, dunklen Himmel; besonders den kleinen passiert das leicht.

Manchmal rücken sie auch heimlich ein bisschen zusammen, weil sie sich noch was zu erzählen haben. Sie tuscheln und kichern nämlich ebenso gern miteinander wie die kleinen Mädchen auf der Erde. Das ist natürlich nicht erlaubt und Sandmännchen hält streng darauf, dass so etwas nicht einreißt am Himmel.

Ja, das Sandmännchen hat wirklich sehr viel zu tun; besonders am Abend!
Wenn die Sternchen am Himmel stehen, muss es die Mondschäfchen aus dem Stall lassen, damit sie in der Nacht auf die Himmelsweide kommen. Das ist auch ein tüchtiges Stück Arbeit.
Vergnügt sind die nämlich und fürchterlich ausgelassen! Sie purzeln mit ihren silbernen Fellchen wie kleine Kullerbällchen durcheinander, und bis sie schließlich ruhig auf der Weide oben am Himmel das schöne Sternschnuppengemüse grasen, vergeht eine ganze Zeit. Auch dann noch muss das Sandmännchen aufpassen, dass sie nicht etwa heimlich den Kometenkohl oder die Himmelschoten anknabbern, die dort zwar wachsen, aber den Schäfchen verboten sind, weil die Nachtfee sie braucht, wenn sie ihre großen Mitternachtsessen gibt, zu denen die mächtigen Naturkräfte eingeladen werden.

Sind die Mondschäfchen ordentlich auf die Weide gebracht, so ist noch eine ganz besonders wichtige Angelegenheit zu erledigen.
Es steht auf der Sternenwiese neben der Pauke ein kugelrundes Säckchen und aus diesem Säckchen schüttet der Sandmann einen feinen Silbersand in ein langes Pusterohr. Dann geht er gravitätisch nach den vier Himmelsrichtungen an den Rand der Wiese, beugt sich weit über das Gitter und bläst den leuchtenden Staub viermal in den Himmelsraum hinaus.
Der Staub aber verteilt sich ganz, ganz fein und rieselt durch die Luft herab auf die Erde mit dem Licht des Mondes zusammen. Überall dort, wo Kinderaugen aus dem Bettchen in die Luft gucken, fliegt dieser silberne Sand aus Sandmännchens Pusterohr herum und legt sich leise auf die Augenlider. Die werden müde und schwer davon; man muss sie zumachen und schläft ein.
So schickt das Sandmännchen den Kindern den Schlaf und auch die schönen Träume.

Mit allen diesen Arbeiten war das Männchen gerade fertig geworden, als Peterchen und Anneliese mit dem Maikäfer durch die Nacht herangeflogen kamen. Sie sahen deutlich, wie es steifbeinig auf der Wiese umherlief in seinem Schlafrock, der mit Sternen bestickt war.

Auf dem Kopf hatte es eine lange Zipfelmütze und an den Füßen komische, riesengroße Pantoffeln. Von einer Seite der Wiese nach der andern lief das Männchen und passte auf, dass am Himmel nichts in Unordnung kam. Und richtig! Plötzlich hatte es die drei Abenteurer entdeckt! Es stutzte, zwinkerte mit den Augen, guckte, schnaubte und zwinkerte wieder. Dann aber lief es emsig zu seinem Fernrohr, richtete das auf die Kinder, guckte durch, wischte sich die Äugelchen, putzte das Glas am Fernrohr, guckte noch einmal ... und nun hatte es erkannt, was da ankam.
Es blies die Backen auf und schlug sich vor Erstaunen auf den kleinen Spitzbauch. Seine Augen wurden so groß wie Kuchenteller und sein Mund stand so weit auf wie eine Ladentür.
Was da vor sich ging, war aber auch etwas ganz Unerhörtes am Himmel! Viele tausend Jahre war der Sandmann alt, aber so etwas war noch nicht passiert auf der Sternenwiese, seit er hier Ordnung hielt! Zwei Kinder im Nachthemdchen und ein geigender Maikäfer kamen durch den großen Himmelsraum herangeflogen als wäre das so ein Sonntagnachmittags-Vergnügen. Dies ging nicht mit rechten Dingen zu! Hier musste er sehr energisch sein!
Er stürzte also eiligst zu seiner großen Pauke, schlug darauf und schnitt ein furchtbar böses Gesicht.
In dem Augenblick landeten die Kinder mit dem Maikäfer behutsam auf der Sternenwiese.

»Bum – bum – bum! Hier ist der Mond!
Rausgeschmissen wird, wer hier nicht wohnt!«,

schrie der Sandmann sie an und fuchtelte mit dem Paukenstock in der Luft herum.

Na, das war gerade kein liebenswürdiger Empfang auf der ersten Station ihrer Reise!
Der Maikäfer aber dachte: Mit Höflichkeit kommt man am weitesten; und so machte er eine sehr schöne Verbeugung mit Kratzfüßchen hintenraus und sagte: »Entschuldigen Sie bitte, Herr Sandmann . . .«
»Was? – was? – entschuldigen?«, quiekte das Männchen ganz rot vor Aufregung. »Was will Er hier? Ein Maikä-

fer gehört auf die dicke Kastanie im Garten, aber nicht auf die Sternenwiese am Mond! Ich werde mal gleich ein paar Sternraketen gegen Ihn abschießen, dass Ihm der Bauch platzt, Er Nasegrün!«

Sternraketen?

Der Maikäfer bekam natürlich Angst und dachte daran, sich tot zu stellen. Peterchen hatte zwar keine Angst, denn er hatte ja sein Holzschwert bei sich, aber er war etwas verlegen und wusste nicht recht, was man wohl tun sollte, wenn das Männchen wirklich mit Sternraketen zu schießen anfinge. Anneliese aber . . . ja, das hätte man wirklich nicht von der kleinen Anneliese gedacht! – Sie trat plötzlich ganz mutig vor, nahm aus ihrem Körbchen ein rotbäckiges Äpfelchen und hielt es dem grimmigen Sandmann dicht unter die spitze Nase.

»Nanu?«, sagte der höchst erstaunt. »Was ist denn das für ein tapferes, kleines Frauenzimmerchen?« – Dabei schnüffelte er schon neugierig an dem schönen Apfel herum.

So etwas gab es nämlich nicht am Himmel oben. Auf der Weihnachtswiese, die auf dem Mond lag, wuchsen allerdings die vergoldeten Äpfelchen und Nüsschen; aber davon konnte das Männchen keine bekommen, die waren für die Kinder auf der Erde.

Nun lief ihm doch das Wasser im Munde zusammen.

»Gib mal her!«, sagte es.

Anneliese machte einen Knicks und sagte: »Bitte schön!«

Happs! . . . biss das Männchen hinein.
Ordentlich komisch war, wie es plötzlich vergnügt wurde. Es schmunzelte von einem Ohr bis zum andern beim Kauen und rieb sich das Bäuchlein, so gut schmeckte es ihm.

Als der Apfel aufgegessen war, faltete der Sandmann die Hände auf dem Rücken und sah die Kinder an. Er wollte böse aussehen, aber der Apfel hatte so gut geschmeckt, dass es ihm nicht mehr richtig gelang, ein grimmiges Gesicht zu schneiden.
»Ihr Hemdenmätze, was wollt ihr denn hier? Ihr sollt doch schlafen!«, schmunzelte er.
Jetzt trat Peterchen mit einer Verbeugung vor und erklärte den Grund der Reise.
Ja, von der Geschichte hatte der Sandmann schon gehört. Sie war einmal auf einem Kaffeeklatsch bei der Nachtfee erzählt worden, vor etwa tausend Jahren; und damals waren alle Gäste sehr gerührt gewesen von dem Schicksal der Sumsemänner.
»Hm, hm«, meinte das Männchen jetzt und rollte mit den Augen, so stark dachte es nach. – Aber da kam ihm schon wieder der Geruch von den Äpfeln in die Nase, die Peterchen in seinem Korbe hatte. – »Gib mir noch einen Apfel!«, sagte es plötzlich mitten im Denken und hielt die Hand hin. Das tat Peterchen natürlich gern.

Als der Sandmann nun auch den zweiten Apfel verspeist hatte, war all sein Grimm verflogen und er nickte wohl wollend mit dem Kopfe. – »Jaja, die Geschichte der Sumsemänner, die war überall am Himmel bekannt.«

Aber sollte der Maikäfer nun wirklich zwei artige Kinder gefunden haben, um das Beinchen zurückzuerobern? Das wäre doch ein ganz gewaltiges Glück für die Sumsemänner!

Es musste also festgestellt werden, ob die Kinder artig waren; sonst ging die Geschichte nicht.

Mit großen, feierlichen Schritten begab sich das Sandmännchen zu seinem Sprachrohr und rief nach dem Himmel hinauf: »Die Sternchen von Anneliese und Peterchen sollen mal schnell herunterkommen!«

Und was geschah?

Zwei winzige Sternpünktchen lösten sich hoch oben vom Himmelsgrund und fielen leuchtend herab auf die Wiese. Im gleichen Augenblick standen dort zwei wunderschöne kleine Mädchen mit blonden Locken und lachenden Augen. Silberne Hemdchen hatten sie an und silberne Schuhe; funkelhelle Strahlenkronen aber blinkten auf ihren Köpfen.

»Peterchen, mein Peterchen!«, rief das eine Sternchen.

»Meine kleine Anneliese!«, rief das andere.

Und dann gab's eine fröhliche Begrüßung. Die Kinder liefen zu ihren Sternchen und sie umarmten und küssten sich. Dem dicken Maikäfer kamen ordentlich die Tränen in die Glotzaugen vom Zusehen, so hübsch war es.
Rührung durfte aber nicht einreißen, denn die Geschichte war ernst.
Also tat das Sandmännchen wieder sehr grimmig, verbat sich die Küsserei und fragte die Sternchen, ob die beiden Kinder, Peterchen und Anneliese, kein Fleckchen auf die Kronen ihrer Sternchen gemacht hätten.
Da lächelten beide Sternchen und schüttelten ihre silbernen Locken. Blitzblank waren die Kronen.

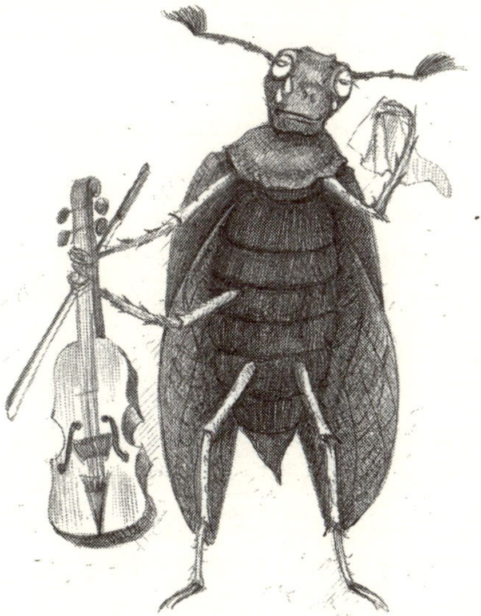

Jetzt schmunzelte das gute Sandmännchen, denn es freute sich sehr darüber, und die Kinder durften den Sternchen noch einen Kuss geben.
»Ach, war das schön!«
So ein Sternchenkuss schmeckt so lieb, dass man es wirklich gar nicht beschreiben kann; man muss es erleben; und man erlebt es, wenn man gut ist.

Husch!, waren die Sternchen wieder fort und standen als Lichtpünktchen am Himmel. Die Kinder guckten ihnen ganz traurig nach, aber plötzlich mussten sie laut lachen.
Der Maikäfer tanzte nämlich wie ein Verdrehter auf der Sternenwiese herum und warf dabei mit den Beinchen mindestens ein Dutzend Sternenstühlchen um, die dort standen. Er freute sich, dass die Kinder artig waren, denn in seiner Familiengeschichte stand, artige Kinder müssten es sein, sonst sei alle Mühe umsonst. Nun war er sicher, dass er sein Beinchen wiederbekam. – Schrecklich freute er sich!
Der Sandmann verstand zwar, dass das Sumsemännchen sich freute; aber dass es die Sternenstühlchen umwarf, war gegen die Ordnung und er verbat sich dieses maikäferhafte Benehmen sehr energisch. Ein Freudentanz sollte das sein? Ein ganz dummes Rumgebrumsel sei es! Auf der Sternenwiese mache man so was nicht; über-

haupt, wenn man so dick wäre und so unsicher auf den Beinen!

Da hatte der Sumsemann seine Strafpredigt weg.

Das Sandmännchen ist sehr ungebildet, dachte er, denn die Maikäfertänze sind die schönsten Tänze der Welt, das weiß jeder.

Und er, der Sumsemann sei unsicher auf den Beinen? So was Lächerliches! Alle wüssten, wie elegant er auf den Kastanienblättern im Garten tanzen konnte; und nun sollte man ihn erst mal sehen, wenn er das sechste Beinchen wiederhätte!

Beinahe hätte er laut gelacht; aber er verkniff sich das Lachen, denn er war vorsichtig und wollte sich nicht unbeliebt machen. »Entschuldigen Sie, Herr Sandmann!«, sagte er, machte einen Kratzfuß und sah bescheiden aus.

Nur ganz heimlich warf er den Kindern ein paar Kusshändchen zu.

Sandmännchen hatte den Finger an seine Nase gelegt und dachte tief nach.

Es war nämlich eine recht gefährliche Geschichte, die von den beiden Kindern unternommen werden sollte; und weil er sie schon sehr lieb hatte, wollte er ihnen nun auch mit allen Kräften beistehen auf der weiteren Fahrt.

Plötzlich kam ihm ein Gedanke.
Gerade heute, um zwölf Uhr mitternachts, gab die Nachtfee einen Kaffeeklatsch für die Naturgeister in ihrem Schloss. Er war auch eingeladen.
Die Nachtfee war sehr mächtig; viel mächtiger als er. Sie war es ja auch gewesen, die vor vielen hundert Jahren den bösen Holzdieb auf den Mondberg verbannt und den Sumsemännern erlaubt hatte mit artigen Kindern das Beinchen von dort wieder herunterzuholen.
Wenn er die Kinder also mitnähme auf das Schloss der Nachtfee zu dem Kaffeeklatsch?
Sie war eine gütige Fee und würde ihnen sicher ihren Schutz leihen.
Peterchen und Anneliese konnten bei dieser Gelegenheit sogar die Naturgeister kennen lernen, die ihnen vielleicht später beistehen würden.
Ja, das war ein prächtiger Gedanke!
Das Männchen machte einen Sprung in die Luft vor Vergnügen über diesen Einfall, dass sein spitzes Bäuchlein nur so wackelte; dazu schrie es: »Ich hab's! Ich hab's! Ich habe einen himmelsraketenmäßig prächtigen Gedanken, Kinderchen!«
Und er erklärte ihnen alles, was er vorhatte.
Das war allerdings ein wunderbar schöner Plan!
Peterchen freute sich gewaltig auf die Naturgeister und Anneliese auf die schöne Nachtfee. Der Sumsemann hatte zwar wieder Angst, denn die Bekanntschaft mit

den Naturgeistern schien ihm gefährlich; doch er unterdrückte es, tat mutig und fand den Einfall des Sandmännchens sehr schön.
Der Sandmann aber zog jetzt eine riesengroße Taschenuhr aus dem Schlafrock, tippte mit dem Finger auf das Zifferblatt und sagte: »Gleich muss er da sein!«
Er meinte nämlich seinen Mondschlitten, mit dem er zum Schloss der Nachtfee fahren wollte.
Und richtig, da kam auch schon etwas durch die Luft! Ein schneeweißer Schlitten war es, der von acht Nachtfaltern an silbernen Bändern gezogen wurde. Lautlos wie ein Wölkchen glitt er heran und hielt vor den Kindern.
Die Nachtfalter hatten große, leuchtend grüne Augen und schlugen geheimnisvoll mit ihren schönen, schimmernden Flügeln. Dazu bewegten sie ihre goldenen Füllhörner, an denen gläserne Glöckchen klangen.
Staunend sahen die Kinder dies. Aber es gab keine Zeit mehr, mit Verwundern zu verlieren. Der Weg, den sie zu fahren hatten, war weit.
So nahmen sie alle schnell im Schlitten Platz. Man saß wie auf seidenen Wolken darin. Sandmännchen ergriff die Zügel, die Nachtfalter hoben die Schwingen, leise klangen die Glasglöckchen und ... fort ging die Fahrt, über die Sternenwiese hin, auf die Milchstraße zu, an deren fernem Ende das Schloss der Nachtfee lag.

Die Schlittenfahrt auf der Milchstraße

Das war ein seltsames Kutschieren!
Noch nie sind Kinder so schön gefahren, wie Peterchen und Anneliese in Sandmanns Mondschlitten auf der Milchstraße zum Schloss der Nachtfee fuhren!
Aus einem leise leuchtenden Schaum war der Weg unter ihnen, glänzender als frischer Schnee und zarter als der Schaum der klarsten Wellen.
Lautlos glitt der Schlitten auf diesem Zauberwege durch den Himmelsraum. Nur die kleinen, gläsernen Glöckchen an den Fühlern der Falter klangen leise im Takt, so, wie die schönen Tiere ihre Flügel hoben und senkten.
Mächtige Bäume wuchsen zu beiden Seiten der Milchstraße; durchsichtig waren sie und mit großen, weißen Blumen bedeckt.
»Das sind die Milchbäume«, erklärte das Sandmännchen; »aus ihren Blumen tropft der süße Milchstraßenhonig. Den essen die Sternenmädchen, wenn sie hungrig sind.«

Unter diesen blühenden Alleebäumen ging es dahin und die weißen Blumen kamen den Kindern einmal so nahe, dass Anneliese das Händchen ausstreckte, um eine solche Blüte abzupflücken. Sie bekam es zwar nicht fertig, denn der Schlitten fuhr viel zu schnell, aber alle Finger waren von dem herrlichen Milchstraßenhonig nass.

Nun ging es ans Ablutschen!

Peterchen machte natürlich auch Anspruch auf den Honig und Anneliese war gut. Sie ließ ihn drei von ihren Fingerchen ablutschen. Die anderen beiden aber, die größten, behielt sie doch für sich. Das war auch ihr gutes Recht.

Wirklich, so etwas Süßes hatten sie noch nie geschmeckt!

Jetzt kamen sie an einer Wiese vorbei, auf der sich eine Herde sehr sonderbarer Tiere tummelte.

Beinahe sahen sie wie Ziegen aus und beinahe wie kleine Wölkchen mit Beinen.

Immerfort huschten sie herum, aber sie bewegten die Beinchen gar nicht dabei. Als ob ein Wind sie durcheinander wirbelte, sah es aus, und dazu meckerten sie, dass es klang, als ob tausend Kinder sich totlachen wollten.

»Es sind die Himmelsziegen«, erklärte das Sandmännchen, »sie grasen hier den Mondspinat ab. Zu Weihnachten werden ihnen die goldenen Hörnchen abgebrochen; dann ist auf der Sternenwiese für die Sternenmädchen ein großer Festschmaus. Es gibt Milchstraßen-Schlagsahne mit Himmelsziegenhörnchen. Das schmeckt unbeschreiblich gut!«

Die Kinder konnten sich wohl denken, dass so etwas gut schmeckt.

Und nun fuhren sie an einem sonderbaren See vorüber. Sein Wasser flimmerte wie geschmolzenes Silber, über das ein leiser Wind geht. Es war leuchtende Nebelluft, die leise Wellen schlug.

In dem See wimmelte es von unzähligen kleinen Fischen; die funkelten wie bunte Flämmchen. Immerfort zuckten, huschten und zitterten sie herum. Totenstill war's dabei.

»Das ist der Tausee mit den Irrlichterfischchen!«, erklärte der Sandmann. »In jeder stillen Nacht kommt ein wunderschönes Mädchen leise an das Ufer des Tausees, das Taumariechen, die Tochter der Nachtfee. Mit einer Schale, die aus einem einzigen Diamanten geschnitten ist, schöpft sie aus dem See. Dann schwebt sie zur Erde hinab und sprengt den kühlen Tau über Gärten, Wiesen und Wälder, damit alle Blumen und Bäume, alle Gräser und Kräuter frisch und schön sind am Morgen. Manchmal geschieht es, dass einige von den funkelnden Fischen mit in die Schale des Taumariechens kommen. Die werden dann auch mit dem Tau über die Wiesen gestreut und man kann sie in stillen Nächten huschen und funkeln sehen. ›Elmsfeuerchen‹, sagen die Menschen, oder: ›Irrlichter‹.«

Und weiter ging die Fahrt.

An der Weide der Himmelskühe und Mondkälber kamen sie jetzt vorüber, die wie große, dicke Wolken herumrutschten auf den weißen Wiesen und immerfort fraßen. Nicht durchsichtig waren sie wie die Mondschäfchen und Himmelsziegen auf den anderen Weiden, sondern große, undurchsichtige graue Klumpen.

»Sie sind gar nicht beliebt bei den Sternchen«, sagte der Sandmann; »weil sie oft die Aussicht auf die Erde mit ihren dicken Bäuchen versperren, sodass die Sternchen ihre schlafenden Kinder dort unten nicht recht sehen können. Aber die Nachtfee braucht die Himmelskühe. Aus ihrer Milch wird die Mondbutter gemacht. Die braucht der Koch der Nachtfee zum Kuchenbacken; besonders für die schönen Mondscheinfladen, die es manchmal auf dem Kaffeeklatsch bei der Nachtfee gibt.«

Das Sandmännchen schmunzelte ordentlich bei dem

Gedanken an die Mondscheinfladen. Sie waren nämlich sein Leibgericht. Und heute Nacht sollte es auch welche geben. Das hatte der Milchstraßenmann, der die Mondbutter liefern muss, verraten.
Am Himmel gibt's doch viele gute Sachen, dachten die Kinder; so viel Gutes zu essen! Nur der Sumsemann saß hinten im Schlitten und sah etwas gelangweilt aus. Für ihn war das alles nichts. Kein einziges grünes Blättchen hatte er bisher entdecken können. Alles war von Silber oder von Zucker. Für Mondbutter, Sternblumenklee, Milchstraßen-Schlagsahne und Himmelsziegenhörnchen hatte er gar kein Verständnis als anständiger Maikäfer.
Na, aber schließlich brauchte er ja das Zeug nicht zu essen. Und hier war doch die Hauptsache, dass er, der Herr Sumsemann, sein Beinchen wiederbekam. Deshalb wurde die ganze Reise unternommen. Er war also die Hauptperson!
Als er sich darüber klar wurde, sah er wieder sehr zufrieden und stolz aus.

Am hundertsten Meilenstein fuhren sie eben vorüber, da fing es an zu schneien.
Ein sonderbarer Schnee war das!
Millionen Lichtflocken tanzten um sie her; winzige, sprühende Sternchen. Sie stiebten so dicht um den

Schlitten, dass man vor lauter Fünkchen nichts mehr sehen konnte.
»Da sind wir in eine Sternschnuppenwolke geraten«, meinte das Sandmännchen; »aber das schadet nichts; davon brennt man nicht an.«
Die Kinder fanden es sehr lustig. Sie griffen nach den Fünkchen und wollten gar zu gern Sternschnuppen-Schneebällchen daraus machen; aber das war nicht so einfach. Beinahe wäre Peterchen dabei aus dem Schlitten gefallen. Anneliese lachte immerfort und streckte die Zunge heraus in das Schnuppengestöber. Das prickelte nämlich zu komisch.
Nur dem Sumsemann war es wieder recht ungemütlich. Schneegestöber ist eben für Maikäfer etwas Gräuliches. Das kann man schließlich begreifen. Eben wollte er sich totstellen, da waren sie aus der Wolke heraus und vor ihnen lag das Schloss der Nachtfee auf himmelhohen, silbergrauen Wolken – unbeschreiblich schön.
Der Schlitten hielt am Fuße der Treppe aus weißem Glase, die breit zwischen den Wolken hinaufführte zum Tor des Schlosses.
Nun stiegen sie an der Hand des Sandmännchens die Treppe hinauf.
Sehr feierlich war es.

Das Schloss der Nachtfee

In einem gewaltigen Saal ihres Schlosses empfing die Nachtfee ihre Gäste zum Mitternachts-Kaffeeklatsch. Himmelhohe, silberne Säulen trugen eine ungeheure Wolkenkuppel, von wehenden Nebeln wie von zarten Fahnen umschwebt. – Der Boden war aus tiefblauem Kristall, so durchsichtig wie das Wasser des Meeres, wenn es ganz still liegt. Durch weite Eingänge zwischen den Säulen sah die Nacht herein und in ihrer Unendlichkeit schwebten gleich großen Blumen Tausende von Wölkchen und gaben ein zauberzartes Licht.

Das Schönste aber war der Thron der Nachtfee in der Mitte des Saales. Aus einem einzigen grünen Edelstein waren seine Stufen geschnitten, aus Perlen war der Sitz, die Lehne aus Silber und sieben blaue Sterne funkelten leise darüber in der Luft.

Zu beiden Seiten dieses wunderschönen Thrones standen Reihen von silbernen Stühlen für die Gäste, die erwartet wurden. –

Die Nachtfee saß auf ihrem Thron, als die Mitternacht

nahte, eine leuchtende Mondsichel im schwarzen Haar, mit ihrem Königsmantel angetan.
Neben ihr standen zwei Sternenmädchen in ihren Silberkleidern; durch die Nacht des Hintergrundes aber zog ununterbrochen eine Kette winziger singender Sternenkinder.
Die ganz, ganz kleinen waren es, die noch nicht beim Sandmännchen in die Sternenschule gingen, weil sie noch keine Kinder auf der Erde zu beschützen hatten. Darum hatten sie auch noch kein Plätzchen am Himmel, von dem aus sie des Nachts auf die Erde hätten blicken und wachen müssen.
Aber wunderschön singen konnten sie schon!
Plötzlich klangen zwölf tiefe Glockenschläge durch den Raum; die Nachtfee erhob sich von ihrem Thron, breitete die Arme aus und sagte mit einer weichen, von Wohlklang wunderlieben Stimme:

»Mitternacht! – Die Welt schlief ein;
Frieden, Frieden soll über ihr sein!«

Mit tausendfachem Echo nahm der Himmelsraum diesen Segensspruch auf. Von fernen Chören gesungen klang es, immer weiter, immer leiser:

»Frieden, Frieden soll über ihr sein!«

Dann wurde es ganz still.

Still setzte sich die Fee wieder auf ihren Thron und ein gütiges Lächeln lag über ihrem blassen, edlen Antlitz.

Eine Zeit lang war tiefes Schweigen ringsum, dann aber hörte man fernes Gerumpel, das immer stärker wurde und schließlich als gewaltiger Donner heranbrüllte.

Gleich darauf sprang mit einem schmetternden Schlage der *Donnermann* aus den Wolken am Eingang; der erste der geladenen Gäste.

Er hatte einen mächtigen Paukenklöppel in der Faust, schlug sich damit auf den Bauch, verneigte sich vor der Nachtfee und brüllte:

»Zum Donnerwetter, da bin ich gekommen!
Habe mir keine Zeit genommen;
Bin gleich, weil du mich geladen hast;
Auf meiner Pauke hierher gerast.
Mein Weib, die Blitzhexe, lässt dir sagen,
Sie hätte noch schnell mal wo einzuschlagen
Und käme dann hinterhergeritten;
Derweil zu grüßen lässt sie bitten! –
Potz – Himmel – Bomben – Donnerwetter!
Unterwegs überholte ich meinen Vetter,
Den Hagelhans; er muss gleich kommen;
Hat ein graues Wolkenschiff genommen,

Hat ein Loch an der Mondsichel ins Segel
geschnitten;
Lässt derweil durch mich um Entschuldigung
bitten. –
Potz – Krach – Blitz – Donner – Bombenschlag –
Ich bin hier und sage dir Guten Tag!«

Während er dies sprach, donnerte es immerfort, sodass die kleinen Sternenmädchen neben dem Thron der Nachtfee ordentlich Herzklopfen bekamen. Aber der Donnermann war gar nicht böse dabei; er lachte und verzog lustig den Mund von einem Ohr bis zum andern.

Die Nachtfee neigte ihr schönes Haupt zum Gruß gegen den wilden Mann und meinte mit freundlichem Lächeln, er solle nur nicht gar so viel donnern, damit die Sternenkinder keine Angst bekämen.

Nun war der gutmütige Donnermann ganz verlegen und bullerte leise eine Entschuldigung. Es war nämlich wirklich nicht so einfach für ihn, sich das Donnern zu verkneifen; besonders wenn er sich freute.

Da summte und pfiff es in der Luft und der zweite Gast kam, die *Windliese*.

Auf einem Besen ritt sie, sprang vor dem Thron der Nachtfee ab, und während sie immerfort Knickse machte und im Kreise herumlief, rief sie mit einer pfeifenden Stimme:

»Hui – Hui – Sumsiselsei!
Komm schnell auf meinem Besen herbei,
Hab tausend Meilen zurückgelegt,
Bin über Wiesen und Wälder gefegt,
Hab an allen Türen und Fenstern gerüttelt,
Hunderttausend Kirschen von den Bäumen
geschüttelt.
Haha – hoho – huhu – sieh – sieh! –
Die Windliese ist hie, die Windliese ist hie!«

Die Nachtfee reichte ihr freundlich die Hand, und während sich die Windliese mit dem Donnermann begrüßte – die beiden waren natürlich sehr befreundet –, kam schon der dritte Gast herein.
Es war die dicke *Wolkenfrau*.

Sie sah aus wie ein Luftballon oder wie eine große Kaffeekanne; sehr, sehr komisch. Ihr Gesicht war wie ein Bratapfel so rund und auch so freundlich.
Mit sehr gemütlichen, langsamen Bewegungen kam sie bis dicht an den Thron der Nachtfee, wippte mit ihrem aufgeplusterten Kleid einen komischen Begrüßungsknicks und sagte mit weicher, molliger Stimme:

»Wie geht es am Himmel?
Wie geht's auf dem Mond?
Ich finde, dass es sich immer noch lohnt,
Liebe Nachtfee, Sie zum Kaffee zu besuchen;
Sie haben ausgezeichneten Fladenkuchen. –
Ich hoffe nur, dass die Sonne, das Biest,
Nicht etwa auch geladen ist;
Hat mir neulich wieder durchs Kleid gebrochen
Und mich mit ihren Strahlen zerstochen.« –

Die Nachtfee dankte für den Gruß der Wolkenbase und wies ihr den Platz neben dem Donnermann und der Windliese.
Freilich, die Sonne war auch eingeladen; das erforderte die Sitte und Höflichkeit. Aber die Wolkenfrau beruhigte sich darüber, da sie neben dem Donnermann und der Windliese sitzen konnte, mit denen sie selbstverständlich in dicker Freundschaft lebte.

Plötzlich zuckte es schwefelgelb durch den Raum und herein fuhr die *Blitzhexe* auf einem toten Baumast.
Im gleichen Augenblick sprang der Donnermann mit einem fürchterlichen Donner von seinem Sitz, umarmte sein Weib und tanzte mit ihr eine Weile im Saal herum. Sie machten dabei ein sehr gräuliches Getöse und einen schauderhaften Schwefelgestank. Ihre Freude war so

groß, dass sie sich nicht beherrschen konnten. Die Nachtfee hielt sich die Nase zu, so schlecht roch es.
Dann ließ die Blitzhexe den Donnermann los, lief in Zickzacklinien vor den Thron und schrie mit schriller Stimme:

»Sirrr – sirrr – liebe Base – da ist der Blitz!
Zerschlug nur noch schnell eine Kirchturmspitz;

Hatte Auftrag, musst ihn erledigen schnell; –
Sirrr – sirrr – krakacks – bin ich zur Stell!«

Die Nachtfee verneigte sich und bat die Blitzhexe freundlich etwas weniger Schwefelduft zu verbreiten, da dies ihren Sternenkindern und auch noch anderen von den geladenen Herrschaften nicht gesund sei; zum Beispiel dem Taumariechen, der Morgenröte und der Abendröte.
Der Donnermann machte einen Witz um den anderen zur Wolkenfrau über die zimperlichen Frauenzimmer am Morgen- und Abendhimmel, die Blitzhexe aber knickste eckig und schrie dazu:

»Sirrr – will mich beherrschen! – hoffe, es glückt;
Wenn's mich auch drängt und zwackt und jückt,
Den köstlichen Feuerduft zu verbreiten,
Sirrr – sirrr – das sind ja nur Kleinigkeiten!«

Dann zuckte sie in Zickzacklinien durch den Saal und setzte sich dem Donnermann auf den Schoß.

Ein leises Regenrauschen wurde nun hörbar und eine sehr sonderbare Erscheinung trat vor den Thron; der

Regenfritz. Schön war der Regenfritz nicht. So dünn wie ein Lineal war er. Langes, verwaschen blondes Haar hing ihm strähnig über die Triefaugen und die rote, spitze Schnupfennase. Einen mächtigen Regenschirm hatte er zugeklappt unter dem Arm und sein langer Rock war patschnass von Wasser. Wo er stand, bildete sich sofort auf dem Boden eine Pfütze.
Er machte eine linkische Verbeugung vor der Nachtfee, zog seinen alten, triefenden Zylinder und sagte mit einer ölig flötenden, melancholischen Greinstimme:

»Drüppelü – tüp – tüp – liebe Fee der Nacht,
Sie haben mir gütige Einladung gemacht.
Ich bin gerne gekommen – tüp – top – tü – ti!
War ein weiter Ritt auf dem Parapluie.
Hab zwar im Mai sehr wenig zu tun,
Hin und wieder mal drüppeln, meist muss ich
ruhn;
Hab's aber eben noch erreicht
Und fünfzig neue Kleider milde durchweicht,
An siebzehn Stellen sanft durch die Decke
geregnet,
Tische, Stühle und Betten mit Pfützen gesegnet,
Zwölf Landpartien freundlich berieselt,
Zweihundert Kinderchen haben's mit Schnupfen
beniesel;
Dreizehn Handwerksburschen, bis aufs Hemd,
Habe ich liebevoll durchschwemmt.

Nun ja, man muss eben zufrieden sein,
Der Mai ist trocken, die Arbeit klein.«

Die Nachtfee ermahnte diesen seltsamen Gast, nachdem sie ihn begrüßt hatte, auf der Erde nicht nur Possen und Unsinn zu treiben, sondern auch Gutes zu tun und die Gärten und Felder ordentlich zu begießen. Und dann bat sie ihn hier in ihrem Saal das Regnen ein wenig zu unterdrücken und keine Pfützen zu rieseln.
Der Regenfritz versprach's und setzte sich zur Wolkenfrau.

Seit einiger Zeit hatte man schon ein fernes Brausen gehört, das immer näher heranschwoll.
Plötzlich flatterten alle Schleier und Nebelfahnen im Saal, die Wolkenwände bewegten sich leise, denn der *Sturmriese* fuhr in den Raum, schwarz und riesengroß, mit ungeheuren, den Boden fegenden Flügeln.
In seiner Faust hielt er einen abgerissenen Eichenast; den schwenkte er zum Willkommen und brüllte, während sein mächtiger Bart wie eine schwarze Wolke um ihn herwehte:

»Puh – da bin ich! Komme vom Ozean!
Schnallte meine schnellsten Flügel an!
Bin wie der Teufel durch die Luft gesaust,

Durch Gebirg und Urwald herangebraust!
Ließ auf dem Flug mir keine Zeit,
Weil Ihre Einladung mich furchtbar freut!
Habe nicht Wind- noch Wasserhose angezogen;
Sie müssen verzeihen, bin so geflogen!«

Er hatte wirklich gar nichts an; nicht einmal den neuen Wüstenwirbelwetterhut oder die Föhnstiefel. Darum musste er sich jetzt hinter die Wolkenfrau setzen, nachdem er mit vielem Getöse den Donnermann, die Blitzhexe und die Windliese, sein Weib, begrüßt hatte.

Nun kamen die drei Eisgeschwister.
Als Erster der *Hagelhans* mit seiner riesigen Trommel. Er hatte ein blaues Gesicht und kugelrunde, glashelle Augen, in denen grüne Funken brannten. Sein Haar war weiß wie Schnee und seine Uniform war blitzend von Hagelperlen. Als er eintrat, wurde es kühl und der Regenfritz fing an zu niesen. Er konnte den Hagelhans nicht besonders leiden, weil der ihm immer beim Begießen ins Handwerk pfuschte.
Der Hagelhans klappte vor dem Thron der Nachtfee militärisch mit den Hacken, schlug einen Wirbel zur Begrüßung auf seiner Trommel und schnarrte mit einer Stimme, die wie das Rasseln von Eisenketten klang:

»Klirrrr – der Hagelhans ist zur Stelle!
Hat viel zu tun in der Mittagshelle;
Muss in den heißen Frühlingstagen
Die Ehre des Winters zu Ansehn tragen!
Tut's gern, ist ihm eine dienstliche Pflicht,
Kennt Mitleid mit Blumen und Saaten nicht,
Zerschmettert all den albernen Kram,
Wo er ihm in die Marschrichtung kam;
Schießt mit tausend Flinten zu gleicher Zeit,
Trifft sicher, ist gegen alles gefeit;
Kennt kein sanft säuselndes Betragen,
Hat immer alles kurz und klein geschlagen;
Ist gründlich in seinem Dienstrevier;
Nachts hat er Urlaub – jetzt ist er hier!«

Die Nachtfee liebte zwar die Arbeit dieses strengen Herrn nicht besonders; aber da er zu den Eisgeschwistern gehörte und ein vornehmer Himmelsfürst war, lud sie ihn stets zu ihren Festen und grüßte ihn auch jetzt mit höflichem Verneigen.

Kaum hatte er auf seinem Stuhl neben dem Sturmriesen Platz genommen, so kam seine Schwester *Frau Holle* herein. Rundlich und weiß von oben bis unten war sie und sah eigentlich aus wie ein großes, wandelndes Bett mit zwei dicken, weichen Pantoffelfüßen.

Immerfort ging ihr ein weißer Nebel vom Munde, besonders wenn sie gähnte; und sie gähnte nämlich schrecklich viel, weil sie müde war, denn im Frühling schlief sie sonst meistens.

Nun verneigte sie sich vor der Nachtfee und sagte ihren Gruß. Dabei stiebten ihr dichte Flocken aus den Röcken.

Man verstand auch, was sie sprach, aber eigentlich war es lautlos gehaucht:

»Frau Holle ist da! – Frau Holle ist da!
Hab's beinah verschlafen, Frau Nachtfee – jaja!
Ich halte schon meine Sommerruhe

Am Nordpol. – Meine Bettentruhe
Ist sorgsam vor der Sonne verschlossen;
Sie hat unverschämt mit Strahlen geschossen.
Ich musste tief in das Eisschloss fliehen,
Um mich nicht zu verbrühen, jaja, zu verbrühen!
Dort schlief ich wie sieben Murmeltiere. –
Weckt ein Sternchen mich und brachte mir Ihre
Einladung zu dem großen Empfang. –
Besten Dank, liebe Base, besten Dank, besten
Dank!«

Und wieder knickste sie und wieder stob ihr eine Wolke von Schneeflocken aus den Röcken.

Die Nachtfee reichte ihr die Hand und sagte, dass es Schlagsahne auf Eis geben würde. Das aß Frau Holle schrecklich gern und höchst vergnügt segelte sie zu ihrem Stuhl neben dem Hagelhans.

Da kam auch schon der *Eismax* heran, der dritte der Eisgeschwister.

Mit klirrenden Sporen und tausend klingenden, funkelnden Eiskristallen an seiner Montur schritt er zum Thron. Er schlug die Sporen zusammen, grüßte militärisch vor der Nachtfee und schnarrte:

»Jnädigste Nachtfee, melde jehorsam zur Stelle!

Jereist mit jletscherhafter Schnelle.
Zwar für mich unjewöhnliche Zeit;
Aber doch eisbärenmäßig jefreut!
Wo alle sich zum Empfang einstellen,
Darf Eismax selbstverständlich nich fehlen.
Bitte erjebenst, eines nur:
Etwas jekühlte Temperatur!
Und die Sonne, das jräuliche Weib,
Mir nich so nahe uff'n Leib.
Kann die Person durchaus nich vertragen,
Krieje Triefaugen und weichen Kragen,
Janzer Anzug schlägt Jammerfalten,
Kann Monokel nich mehr halten.
Unausstehlich! . . . Na, überhaupt,
Denke, dass mir das jeder jlaubt!«

Nachdem die Nachtfee versichert hatte, dass er kühl und luftig, weitab von der Sonne sitzen solle, klirrte er salutierend wieder mit den Sporen und legte ein blitzendes Eisblumensträußchen auf die Thronstufen.
Dann ging er von Platz zu Platz, machte den Anwesenden seine ritterliche Verbeugung und setzte sich schließlich, nachdem er sich auch den hübschen Sternenmädchen am Thron der Nachtfee vorgestellt hatte, auf die andere Seite der Frau Holle.

Jetzt quakte und patschelte es draußen: Der *Wassermann* kam nämlich angeschlurft.
Für den war es gewiss eine weite Fahrt gewesen.
Er sah auch sehr angestrengt aus, als er nun auf seinen breiten Entenfüßen hereinwatschelte und mit den großen Glotzaugen herumstierte wie der Karpfenururgroßpapa auf dem Seegrund. Wenn der Wassermann nicht im Wasser hockte, war er nämlich ein wenig kurzsichtig und so wurde es ihm schwer, sich zurechtzufinden in dem großen Saal.
Als er aber entdeckt hatte, wer da war, schlenkerte er zur Begrüßung die langen Froscharme nach allen Seiten, riss sein breites Maul auf und quakte:

»Putsch – patsch – blubber – quax!
Putsch – patsch – blubber – quax!
Guten Tax allerseits – guten Tax – guten Tax! –
War 'ne weite, beschwerliche Fahrt – noaaaaaa!
Bin aber – blubber – blubber – trotzdem da.
Bin gefahren – uax – auf dem Muschelschiff,
vom Grunde des Meeres – uax –, wo ich schlief.
Meine Seejungfern tanzten am Ufer Reigen,
Spielten Schlickverstecken und Blasensteigen;
Haben mir in einer großen Blase
Die Einladung gebracht, Frau Base.
War mir – blubber – blubber – sehr
schmeichelhaft,
Hab mir neue – uax – Wasserhosen angeschafft.

Aber ich bitte, vor allen Dingen,
Mich – uax – uax – wässerig unterzubringen.
In der Luft ist es sehr unangenehm!«

In jeder Hand hatte er einen großen Schwamm; den drückte er sich dabei über den Kopf aus, um es wenigstens etwas feucht zu haben.

Die Nachtfee aber hatte für alles gesorgt und so stand für den Wassermann eine große, silberne Badewanne bereit. In die kroch er nun auf die Einladung der Nachtfee, vergnügt und grunzend hinein.

Außerdem kam noch ein liebliches Sternenmädchen mit einer gläsernen Gießkanne auf den Wink der Nachtfee herbei und begoss den dicken Wasserfürsten unermüdlich. Das gefiel ihm! Er quiekte und quakte wie ein grünes Schweinchen vor Vergnügen.

Da hörte man leise Harfentöne und herein kam das *Taumariechen*; ein blasses, dunkelhaariges Mädchen, von Silberschleiern und Perlen umfunkelt. Sie trug eine Trinkschale in ihren kleinen Händen, die aus einem einzigen Diamanten geschnitten war. Die Harfentöne klangen bei jedem ihrer Schritte in der Luft wie fallende Tropfen.

Vor dem Thron kniete sie mit unbeschreiblicher Anmut nieder, neigte ihr Köpfchen leise und sagte mit silberner Stimme:

»Liebe Mutter, ich habe für diese Nacht,
Deinem Willen gehorsam, mein Werk vollbracht;
Alle dürstenden Gräser und Blüten erquickt,
Alle schlafenden Wälder mit Perlen
geschmückt;
Hängte in Gärten viel Kettlein an Zweig und
Baum,
Gab den grünen Büschen den Tropfensaum,
Füllte mit segnender Frische die Luft,

Strich auf Blätter und Früchte den silbernen
Duft;
Hab alle bunten Wiesen leise gekühlt,
Mit den Nebeln über dem See gespielt;
Hab der Morgenröte das Land geschmückt
Und alle Wesen im Traum erquickt.
Küss mich nun, Mutter, mein Werk ward schön
Und lass mich in deine Augen sehn.«

Damit eilte sie in die Arme der Nachtfee, die ihr mit einem leisen, zärtlichen Kuss den Scheitel berührte. Dann setzte sich das Taumariechen auf die Stufen des Thrones, das liebliche Köpfchen ans Knie der Mutter geschmiegt.

Bis zu diesem Augenblick war in dem großen Saal ein Dämmerlicht gewesen, in dem die silbernen Säulen gleich Mondstrahlen zwischen den blauen Wolken schimmerten; nur bei der Ankunft der Blitzhexe, des Regenfritzen und der Frau Holle hatte sich dies milde Traumlicht, das vom Haupt der Nachtfee auszugehen schien, für Augenblicke ein wenig geändert. – Jetzt plötzlich flog goldener Schein in diese Dämmerung und durch die weite Nacht her kam eine rauschende, ferne, wundermächtige Musik.
Die Nachtfee erhob sich auf ihrem Thron; die *Sonne*

nahte, die Königin des Tages, die ihr gleich war an Rang und Ansehen.

Alle Gäste erhoben sich mit ihr von den Sitzen, denn obschon sie die Sonne zum Teil nicht leiden konnten, mussten sie ihr doch als einer Königin die schuldige Ehrfurcht bezeigen.

Da schwoll die Musik heran wie ein wachsender Sturm. Die Wolken teilten sich und – in einem Strom von goldenem Licht schwebte die Sonne herein mit ihren Töchtern und Söhnen, der *Morgenröte* und *Abendröte*, dem *Morgenstern* und dem *Abendstern.*

Wunderschön war die Sonne! Ihre Augen strahlten machtvoll und lieb zugleich. Als ein Mantel von Flammen lag ihr Lockenhaar um sie und in funkelnden Garben brachen die Lichtstrahlen aus der Krone auf ihrem Haupt.

An jeder Hand führte sie einen ihrer Söhne, die Schleppe ihres goldenen Kleides aber trugen ihre lieblichen Töchter.

So stand die Sonne der Nachtfee gegenüber und der Saal war voll von ihrem Licht.

Langsam kam die Nachtfee von ihrem Thron herab der Sonne entgegen. Auf ihrem schwarzen Haar schimmerte die blasse Mondkrone.

Sie breitete ihre Arme weit aus und grüßte die Sonne mit ihrer glockenschönen Stimme: »Willkommen mir, Schwester, Königin!«

Da neigte die Sonne ihr Haupt leise vor der Majestät der Nacht; dann hob sie es leuchtend und sprach:

»Der Gruß meiner Liebe sei dir gebracht,
Du schöne Schwester, du stille Nacht!
Sind unsre Reiche auch ewig geschieden;
Mein ist die Arbeit, dein ist der Frieden;
Schlingen wir doch um die Guten und Bösen
Den *einen* Reigen und segnen die Wesen,
Die auf der wundertiefen Welt
Liebe in prunkendes Leben gestellt.«

Und dann umarmten sich die beiden Königinnen.
Als die Nachtfee die Sonne umschlang, ging alle Glut unter in blauen Nebeln und tiefe Dämmerung sank in den Raum; und als die Sonne ihre Arme um die Schultern der Nachtfee legte, leuchteten alle Dinge umher, in ein Meer von Licht gebadet.
Als diese Begrüßung vorüber war, nahmen beide Herrscherinnen auf ihren Sitzen Platz und auch die anderen Gäste setzten sich wieder. Dabei war es sehr komisch, wie der Eismax hinter den Rock der Wolkenfrau kroch und wie Frau Holle hinter dem Schirm des Regenfritzen hervorschielte.

Jetzt kam aber plötzlich eine sehr sonderbare Gestalt hereingetölpelt: der *Milchstraßenmann.*
Er war anscheinend in großer Wut und gar nicht festlich angezogen, wie sich das gehört hätte. Die Mütze saß ihm

schief auf dem Kopfe, seine dicken Mondlederstiefel waren schmutzig und einen ungekämmten Schnurrbart hatte er auch. Unter dem Arm trug er die große Zwillingsmilchflasche und an einem Bändchen hinter ihm zottelte der kleine Bär, den er eigentlich hätte draußen lassen müssen, weil der immer schmutzige Pfoten hatte. Der kleine Bär hütete nämlich die Mondkälber und biss sie in die Beine, wenn sie auf einer falschen Himmelswiese grasen wollten. Jetzt hatte er allerdings einen Maulkorb um.

Die Nachtfee machte ein sehr erstauntes Gesicht über den Milchstraßenmann und wollte ihm etwas darüber sagen, dass er nicht in solchem Aufzuge kommen dürfe;

aber der ließ sie gar nicht zu Worte kommen, so aufgeregt war er, und polterte sofort los:

»Frau Nachtfee, ich muss mich bitter beklagen!
Die Gesellschaft, die du geladen hast,
Ist mir derart über die Milchstraße gerast,
Dass sie mir das Pflaster beschädigt haben
Und die Meilensteine, die Bäume, den Graben!
Das ist ein Benehmen, unerhört!«

Natürlich taten die Gäste, als wüssten sie von gar nichts, besonders der Sturmriese und der Donnermann schüttelten ungläubig ihre wilden Köpfe und taten so unschuldig wie kleine weiße Lämmchen.
Aber der Milchstraßenmann schrie:

»Jawohl, ich hab mich zu Recht beschwert!
Der Sturmriese kommt da mit Saus und Summ
Und wirft mir drei schöne Milchbäume um!
Und die Wolkenfrau, die ist auch so eine;
Hat mir alle meine Meilensteine
Verwischt mit ihren Plusterröcken!
Wenn nun ein Komet geflogen kommt,
So kann er nicht lesen, wie weit es gewesen!
Er verirrt sich, rennt gegen Zäune und Hecken
Und bleibt zuletzt noch im Mondberg stecken! –
Dann beschwer ich mich über den Regenfritzen;
Er macht meine Straße voller Pfützen

Und hat mir die schöne Milch verwässert
Mit seiner triefigen Drüppelei! –
Es ist eine Schande und Schweinerei!«

Nun wollte sich der Regenfritz auch beschweren:

»Der kleine Bär hat mich aber gebissen,
Tüp, tüp – und mir meine Hosen zerrissen!«,

meinte er weinerlich und zeigte ein großmächtiges Loch in seiner neuen Regenhose, die er sich extra zu dem heutigen Besuch beim Wolkenschneider hatte machen lassen.
Ausgelacht wurde er obendrein vom Milchstraßenmann.
Als der Donnermann aber auch lachen wollte, weil das Loch in der Hose des Regenfritzen sehr komisch aussah, fuhr der Milchstraßenmann herum wie von einer Wespe gestochen; und nun ging's los:

»Der Donnermann braucht hier gar nicht zu
  lachen
Und sich über die anderen lustig zu machen!
Er hat sich furchtbar schlecht betragen,
Hat blödsinnig gebumst und gedonnerkracht
Und die Himmelsziegen mir scheu gemacht!
Das ist ihm nicht aus Versehen passiert;
Er hat sich so vorlaut aufgeführt,

Dass man wirkliche Angst vor dem Bullern
bekam!
Und nun erst sein Weib – wie die sich benahm?!
Kam immer so zickzack dahergeschlenkert
Und hat mir die ganze Allee verstänkert!
Ist das ein anständiges Ehepaar?«

Er war ganz außer Atem vor Zorn geraten und sah puterrot im Gesicht aus. Natürlich wollten ihm alle Gäste widersprechen, aber er ließ niemanden zu Worte kommen und tobte weiter:

»Frau Nachtfee, ich schwöre, alles ist wahr!
Sie haben noch viel mehr angerichtet:
Der Hagelhans hat mir die Schoten vernichtet
Und der Wassermann kam da angeplanscht,
Hat mir alle Gräben übergepanscht,
Hat vier Wiesen am Tausee überschwemmt
Und ich hatte sie so schön eingedämmt.
Auch der Eismax muss sich bescheidener
führen,
Er darf nicht so viel mit den Sporen klirren;
Drei Mondkälbern hat er den Kopf verdreht!
Und Frau Holle hat ein Stück Straße verweht!
Sie tun mir Unrecht zu ihrem Vergnügen,
Frau Nachtfee! Man kann das Lütütü kriegen
Vor Ärger, wenn man es richtig bedenkt!
Und keiner hat mir ein Trinkgeld geschenkt!«

Weiter konnte er nicht mehr schimpfen; die Stimme schnappte ihm über und er musste husten, so aufgeregt war er.

Die Nachtfee aber machte ein sehr böses Gesicht, weil der Milchstraßenmann im Recht war; denn es ist gewiss nicht sehr höflich, wenn man eingeladen wird solchen Unfug auf der Straße zum Schloss des Gastgebers zu machen.

Als die wilden Gäste sahen, wie ernst die Nachtfee wurde, beeilten sie sich sehr den Milchstraßenmann um Entschuldigung zu bitten und versicherten ihm alle durcheinander, dass sie den Schaden gern ersetzen würden, wie die Nachtfee es wünschte.

Damit war denn der gute Milchstraßenmann auch beruhigt; besonders ein großes Trinkgeld vom Eismax besänftigte ihn sehr und er trottete mit dem kleinen Bären zufrieden ab.

Der Ärger des Milchstraßenmannes war wirklich sehr begründet gewesen. Draußen auf der Milchstraße hatte der Brave jetzt nämlich viel zu tun.

Die Unordnung, die alle diese herantobenden Naturgewalten mit ihrem Ungestüm an dem schönen Nachthimmel angerichtet hatten, war sehr groß und der Nachtfee verantwortlich für die Ordnung dort war der Milchstraßenmann. Es war seine Schuld, wenn auf der Milchstraße nicht alles blitzeblank und gut gefegt war mit dem Himmelsbesen, wenn die Meilensteine nicht richtig funkelten und wenn die Himmelsziegen und

Mondkälber den falschen Nachtklee grasten oder gar ein kleines Lämmerwölkchen in die Silberwolle zwickten, dass es an der Stelle trübe Fleckchen bekam.
Jaja, groß sind die Sorgen des Milchstraßenmannes!

Die Ankunft der Kinder im Schloss der Nachtfee

Alle Gäste der Nachtfee waren nun eingetroffen und nur das Sandmännchen fehlte noch in dem großen Kreise. Es war sonst immer sehr pünktlich und daher wunderte sich die Nachtfee und wollte eben ein Sternchen damit beauftragen, einmal durch das große Wolkenfenster die Milchstraße entlangzugucken, ob denn der Sandmännchenschlitten noch nicht zu sehen sei, da kam plötzlich der Milchstraßenmann wieder hereingelaufen und lachte so fürchterlich, dass er kaum noch Luft bekam; ganz krumm stand er da und trat immer von einem Bein aufs andere.

Die Nachtfee wollte wissen, was denn nun schon wieder los sei, und alle anderen natürlich auch; aber der Milchstraßenmann bekam vor Lachen kaum ein Wort heraus; man verstand nur den einen Satz:

»Frau Nachtfee, das Sandmännchen ist
verrückt!
Ich glaube, es hat den Mondstich gekriegt!«

Dazu wies er mit der Hand immerfort nach dem Eingang hinter sich und richtig, da kam das Sandmännchen schon herein, allerdings in einer Begleitung, die höchst erstaunlich war: »Zwei Kinder im Nachthemd und ein

Maikäfer!« Einen Augenblick war alles stumm vor Erstaunen, dann aber ging ein ungeheures Getöse los.
Der Sturmriese heulte vor Lachen, der Donnermann trommelte sich den Bauch und hätte sich beinah bei einem Dönnerchen verschluckt, der Wassermann quakte wie ein betrunkener Frosch, der Regenfritz jaulte vor Freude wie ein verstimmter Leierkasten, die Blitzhexe schrie und stank, die Windliese pfiff und summte, der Eismax meckerte wie ein Ziegenbock vor Vergnügen – kurz, es war ein Höllenlärm.
In dem allen stand das Sandmännchen ganz ruhig, hatte die beiden Kinder, jedes an einer Hand, den Maikäfer hinten an seinem Schlafrockzipfel, und sah sehr klug aus. Es dachte: Das Getöse wird sich schon legen!
So war es denn auch.
Die Nachtfee stand auf und reckte die Hand aus; da waren alle still. Und nun fragte sie, was das zu bedeuten habe: zwei Kinder im Nachthemd und ein Maikäfer, hier in ihrem Schloss zum Fest der Naturgeister?
Jetzt trat das Sandmännchen vor, verneigte sich und erzählte klar und einfach, wer dieser Maikäfer sei und was die Kinder hier wollten.

Natürlich war nun das Erstaunen noch größer; aber es lachte keiner mehr, sondern alle waren von dem Mut der

Kinder entzückt, besonders der Eismax, der sich so nahe herandrängte, um Peterchen zu betrachten, dass ihm beinahe der Schnurrbart von der Sonne abgeschmolzen worden wäre.
Die Nachtfee sah den Käfer an: »Da hast du also wirklich zwei artige Kinderchen gefunden, die so viel Mut haben und so viel Liebe zu den kleinen Tieren, dass sie so große Gefahren bestehen wollen für dich, Maikäferlein?«, fragte sie.
»Zu dienen, zu dienen, Frau Nachtfee!«, stotterte der Sumsemann zitternd vor Aufregung und machte mindestens sechs Kratzfüßchen hinter dem Rücken des Sandmännchens.
»Donnerwetter, hat der Kerl ein Glück!«, bullerte der Donnermann.
»Kolossal!«, schnarrte der Eismax und alle anderen waren derselben Ansicht.
Die Nachtfee aber kam herunter von ihrem Thron, nahm die Kinder in die Arme und küsste sie auf die Stirn.
»Fürchtet ihr euch denn gar nicht, ihr kleinen Wesen?«, fragte sie.
Anneliese sagte nichts; sie fasste Peterchen nur bei der Hand und machte ganz große Augen; Peterchen aber schüttelte energisch den Kopf und zog sein Holzschwert.
»Angst haben sie nicht!«, meinte der Sandmann schmunzelnd; er hatte es ja schon verschiedene Male festgestellt. Man konnte ihm auch wirklich glauben,

denn Peterchen stand wie ein kleiner Soldat so stramm mit seinem Schwert vor der wilden Gesellschaft im Saal. Das machte natürlich dem Eismax viel Vergnügen und auch der Morgenstern und der Abendstern, die Söhne der Sonne, blitzten sich an. Der Junge gefiel ihnen wirklich.
»Gut!«, sagte die Nachtfee und strich Peterchen über den Kopf; denn nun sollten sie ihr Abenteuer mit dem Mondmann mithilfe der großen Naturkräfte bestehen, weil es wirklich ein sehr gefährliches Abenteuer war.

Sturmriese, Donnermann und Wassermann wurden also von der Nachtfee gefragt, ob sie den Kindern helfen wollten.
Natürlich wollten sie es und der Donnermann, dem das viel Spaß machte, trat ganz dicht an Peterchen und Anneliese heran, um zu prüfen, ob es mit der Furchtlosigkeit auch wirklich stimmte.
»Potz Knatter, Knäblein, Er will es wagen? Kann Er denn einen kräftigen Donner vertragen?«, bullerte er.
»Herr Donnermann, ich hab keine Angst!«, meinte Peterchen unerschrocken und nahm Anneliese dicht in seine Arme.
Bums! . . . gab es plötzlich einen fürchterlichen Donnerschlag, dass der Boden der Halle bebte und die Säulen der Kuppel an zu klingen fingen.

Aber Peterchen stand mutig vor dem wilden, rothaarigen Donnerriesen und sagte: »Das war noch gar nichts, Herr Donnermann! Mach's ruhig noch mal!«
Auch Anneliese hatte keine Miene verzogen. Sie hielt dem Donnermann nur einen rotbäckigen Apfel zur Besänftigung unter die dicke Nase.
Dass jetzt der Donnerriese sich freute, war selbstverständlich. Er fraß den Apfel schmunzelnd auf, meinte, dass Peterchen Artilleriegeneral werden würde, und schwor ihm gegen den Mondmann zu helfen.
Ebenso tat der Sturmriese, nachdem er einen plötzlichen, fürchterlichen Wirbelwind mit vollkommener Finsternis gemacht hatte, ohne die Kinder umzublasen oder auch nur zu erschrecken.
Auch der Wassermann versprach ihnen seine Hilfe, weil er von den Wassernixen wusste, dass die Kinder nicht wasserscheu wären und dass sie Schwamm, Badewanne, Seife und Zahnbürste tüchtig gebrauchten. Als Peterchen ihm gar sagte, dass er schon schwimmen könne wie ein kleiner Frosch, war der dicke Wassermann vollkommen zufrieden und rutschte quakend wieder in seine Wanne zurück.
So war auch diese Probe glücklich überstanden; nur der Maikäfer war schon anfangs bei dem großen Donner umgefallen und hatte die ganze Zeit auf dem Rücken gelegen. Das war aber gleichgültig; es hatte zum Gelingen der Fahrt nichts zu bedeuten, da es nur auf den Mut der Kinder ankam. Die halfen nun dem umgefallenen,

zitternden Sumsemann freundlich wieder auf die Beine. Von dieser Hilfsbereitschaft waren die Nachtfee und besonders die Sonne sehr erfreut.

Jetzt aber sollte die Reise schnell fortgesetzt werden, denn bis zum Mondberg war es noch sehr weit und vor Tag mussten Peterchen und Anneliese wieder in ihrem Bettchen auf der Erde sein, sonst hätten sie nie mehr zurückgefunden.
Da gab's nur einen Rat: Sie mussten auf dem *Großen Bären* zum Mond hinüberreiten; der konnte nämlich furchtbar schnell laufen.
Also befahl die Nachtfee dem Milchstraßenmann

schleunigst den Großen Bären herbeizuholen. Der Milchstraßenmann bekam einen Schreck und meinte, das ginge heute nicht, weil der Bär sehr böse sei, grüne Augen habe und selbst ihn, den Milchstraßenmann, beim Füttern beinahe gebissen hätte.

Er solle den Bären nur aus dem Stall holen, befahl die Nachtfee, man würde ihn schon zähmen können.

So trottete der Milchstraßenmann zum Bärenstall, um das Ungetüm loszubinden und herbeizuführen; er musste gehorchen.

Die Nachtfee aber gab nun dem Sandmännchen den Auftrag den Kindern weiter als Führer zu dienen. Es solle den Bären zunächst nach der Weihnachtswiese auf dem Monde lenken. Dann solle die Reise über die Mondhügel, Täler und Wiesen, am Osternest vorbei bis zu der silbernen Riesenkanone gehen, die am Fuße des höchsten Mondberges steht. In diese Kanone müssten die Kinder und der Maikäfer hineingeladen und auf den Berg hinaufgeschossen werden, denn anders könnten sie nicht hinaufkommen. Oben auf dem Berge aber sei das Abenteuer mit dem Mondmann zu bestehen.

Bis dahin solle Sandmännchen helfen und gern sagte es zu, alles dies nach der Ordnung zu besorgen, denn es hatte die beiden Hemdenmätze schon schrecklich lieb, weil sie so brav und mutig waren.

Nun kam der Große Bär, vom Milchstraßenmann an der Kette geführt, durch die Wolken herbei.
Ein riesengroßes Ungetüm war dieser Bär. Schneeweiß war sein Fell und dick und zottelig. Er war größer als der größte Elefant, und wenn er brummte, klang es beinahe wie das Bullern vom Donnermann. So stand er mitten im Saal, brummte und glotzte böse mit leuchtend grünen Augen umher.
Der Milchstraßenmann machte ein sehr besorgtes Gesicht zu der Geschichte. Er wusste ganz genau, wie stark der Bär war und was er für grimmige Zähne hatte. Er musste erst besänftigt werden, denn so hätte man ihn gewiss nicht besteigen können.
Da hatte der Sandmann wieder einen guten Gedanken: Die Kinder sollten ihm Äpfelchen zu fressen geben! – Der Bär war nämlich ein großer Schleckerfritze; das wusste Sandmännchen von den Sternen, die ihm manchmal ein wenig Milchstraßenhonig zu lecken gaben, wenn sie ihm im Fell wühlen wollten.
Peterchen ging denn auch gleich mit einem Apfel in der Hand auf den Bären los.
Alle guckten.
Es war wirklich ein sehr spannender Augenblick, als das großmächtige Ungetüm dem kleinen Peterchen gegenüber den Rachen aufriss und wild mit den bösen Augen glotzte.
Schwupp!, flog ihm der Apfel, gut gezielt, in den weiten, roten Schlund. – Schwapp!, klappte der Rachen zu und,

das war sehr komisch, abwechselnd grün und rot wurden die Augen, als wüsste der Bär nicht, ob er noch böse oder schon gut sein sollte.
»Seht ihr, halb ist er schon bezähmt und gut!«, rief das Sandmännchen sehr vergnügt. »Nun schnell noch einen zweiten Apfel, dann ist er zahm wie ein Kätzchen!«
Anneliese stellte sich auf die Zehenspitzen mit einem Apfel im Händchen. Sie war wirklich noch sehr klein, denn sie reichte lange, lange nicht hinauf bis an den großen Rachen, der über ihr aufklappte, als der Duft von dem Äpfelchen kam.
Also hob das Sandmännchen die kleine, tapfere Anneliese hoch, dass sie ordentlich zielen konnte und – haps! – hatte der Bär das Äpfelchen verschluckt.
In demselben Augenblick bekam er rote, gutmütige Augen und leckte sich zufrieden wie ein kleiner Hund die Schnauze.
Das war eine Freude!
»Er kann auch Kunststückchen machen«, sagte der Milchstraßenmann.
Natürlich musste er Peterchen nun die Pfote geben und vor Anneliese gar ein Männchen machen.
Oooooh, wie das aussah!
Bis oben in die Kuppel des Saales reichte er hinauf, als er sich gutmütig aufrichtete vor Anneliese, die wie ein winzig, winzig kleiner, weißer Floh vor ihm stand in ihrem Hemdchen.
Der Eismax war ganz begeistert von der Kühnheit dieses

kleinen Mädchens. Er kam und küsste ihr die Hand wie einer großen Dame.
Nun war Anneliese natürlich wieder ein bissel verlegen.

Es gab aber jetzt keine Zeit mehr zu verlieren.
Der Milchstraßenmann kam schon mit einer Leiter zum Aufsteigen herbei, während die Kinder der Nachtfee und ihren Gästen Ade sagten.
Eine Menge Küsschen bekamen sie dabei von allen.
Peterchen dachte: Der vom Taumariechen hat am besten geschmeckt – wunderschön! – und der von der Blitzhexe am schlechtesten – so ein bisschen brenzlig!
Anneliese fand den Kuss vom Morgenstern am schönsten und den vom Regenfritzen gar nicht sehr schön – so ölig! – Heimlich wischte sie sich das Mäulchen ab, aber ganz heimlich nur, denn es war doch sehr nett, dass alle diese wilden Wesen so freundlich zu ihnen waren. Man durfte sie gewiss nicht beleidigen.
Inzwischen hatte der Milchstraßenmann die Leiter an den Großen Bären gelegt und nun kletterten die vier auf den Rücken des gewaltigen Tieres. Sandmännchen saß vorn und lenkte ihn bei den Ohren, dann kam Peterchen, dann Anneliese und ganz zuletzt der Maikäfer, der wieder eine bedeutende Angst hatte und so dicht an Anneliese heranrutschte, als es nur irgend möglich war.

Als sie sicher oben im weichen Fell saßen, winkte ihnen die Nachtfee mit allen ihren Gästen noch einmal lieb und freundlich zum Abschied; und dann ging's los! –
»Hopp, Petz!«, rief das Sandmännchen.
Der gewaltige Bär schnaufte einmal und noch einmal wie eine Lokomotive und stürmte aus dem Saal, über die Wolkenberge, die das Schloss trugen, hinaus ins Weite, so rasend schnell, dass den Reitern fast Hören und Sehen verging.

Der Ritt auf dem Großen Bären

Ja, das war ein Ritt! – Von der Geschwindigkeit entstand ein Summen und Brausen um die vier Reiter, dass man denken konnte, ein Sturm käme daher.
Helle Funken stoben dem Bären aus dem Rachen und glühten hinter ihm als eine schimmernde Lichtbahn durch den pechdunklen Weltenraum.
Dicht aneinander geschmiegt saßen sie, tief auf das weiße Bärenfell gebeugt; kein Wort konnten sie sprechen. Sandmännchens Zipfelmütze flog wie eine kleine Fahne im Sturm und Anneliese musste ihr Püppchen schrecklich fest halten, sonst wäre es ihr fortgepustet worden.
So ging es eine ganze Weile.
Da kam ihnen etwas durch die Nacht entgegen. Ein riesengroßer, leuchtender Klumpen – näher und näher! Es sah aus wie ein Kopf mit einem wehenden weißen Bart, der viele hundert Meilen lang war.
Ein Komet war es, der um den Mond herumgeflogen war und ihnen nun auf seiner Reise begegnete.
Gut nur, dass sie auf dem Großen Bären ritten, denn sonst wäre diese Begegnung sehr gefährlich gewesen.

Als nämlich der Komet immer näher kam, sahen sie, dass er seinen Weg gerade auf sie zunahm. Plötzlich aber stieß der Bär ein drohendes Gebrüll aus und schnaubte ganze Ströme von Funken vor sich her, während er seine furchtbaren Zähne zeigte.
Da wich der Komet schnell aus und sauste neben ihnen vorbei; sonst hätte er sie ganz gewiss über den Haufen geflogen.
Unheimlich sah er aus. Einen Kopf hatte er wie glühendes Eisen mit flatternden Haaren von grünem Feuer. Schwefelgelbe, stechend helle Augen hatte er, keine Arme und Beine, sondern nur den langen, wohl tausend Meilen langen Flammenbart hinter sich her.
So schoss er vorüber, hier, wo es keinen Weg und Steg mehr gab in der großen Nacht, und die Kinder merkten schon, wie gut es war, dass die Nachtfee ihnen ein so gewaltiges Reittier gegeben hatte, vor dem selbst der Komet Angst bekam.
Es sah aber auch sehr gefährlich aus, als der Große Bär die Zähne zeigte, die wie eine Reihe blanker Säbel durch den roten Funkendampf aus seinem Rachen blitzten.
Husch – war alles wieder vorbei und weiter ging der Ritt auf den Mond zu, dem man nun schon ganz nahe war. Er wurde immer größer; so groß wie der halbe Himmel war er schon und sie merkten, dass er ganz ähnlich aussah wie die Erde, die da weit, weit unten in der Tiefe des Himmelsraums lag, als ein kleiner, runder Fleck.

Da landete der Bär auch schon mit einem kühnen Satz auf dem Monde!
Aus einem seltsam lichten Gestein war alles ringsum. Berge gab es, Täler und große Ebenen, in denen seltsame Pflanzen wuchsen. Die Berge waren weiß, wie von Silber, und die Ebenen gelb, wie von Gold.
Summ – ging es durch ein langes Tal dahin, aber ehe sie sich noch recht besonnen hatten, rief das Sandmännchen schon: »Halt, Petz!«, und sie hielten vor einem großen Felsentor. »Absteigen!«, sagte der Sandmann und sie kletterten von ihrem treuen Reittier herunter.

Der Bär blieb vor dem Tor ein wenig abseits und schnupperte dort an den sonderbaren Mondblumen herum, die aussahen, als wären sie aus blauem Porzellan. Sandmännchen aber trat mit den Kindern dicht an das Tor, über dem mit grünen Edelsteinen geschrieben stand: *Eingang zur Weihnachtswiese!* Rechts an der Seite war ein kleiner Funkenknopf im Felsen, daneben stand: *Klingel zum Weihnachtsmann!*

Und jetzt kam ein großer Augenblick!

Das Sandmännchen strich sich den Schlafrock glatt, machte ein sehr feierliches Gesicht, hob bedächtig den Zeigefinger und drückte auf den Knopf.

Da ertönte ein wundersames Läuten von innen – goldene Glocken mussten es wohl sein – und lautlos öffnete sich das Tor.

Mildes Licht, von Millionen Kerzen, die man nicht sah, floss ihnen entgegen und an der Hand des Sandmännchens traten sie mit klopfenden Herzen über die Schwelle zur Weihnachtswiese.

Die Weihnachtswiese

Hier waren noch niemals Kinder gewesen; es war ein unbeschreibliches Glück für die beiden kleinen Reisenden, dass ihnen die Nachtfee erlaubte dies zu sehen.

Der Maikäfer durfte übrigens auch mit, denn es wäre doch leicht möglich gewesen, dass der Große Bär ihn tottrat oder vielleicht gar auffraß, wenn er mit ihm eine Weile allein geblieben wäre. Ganz bescheiden krabbelte also der Sumsemann hinter den dreien her, als sie nun auf einem Goldkieswege zwischen kleinen, grünen Tannenbäumchen weiterschritten.

Die Luft war erfüllt von herrlichem Kuchenduft. Alle Kuchen der Welt schienen hier zu sein – besonders nach Pfefferkuchen roch es. Ein warmer, leiser Wind, der in den Zweigen der kleinen Tannen säuselte, trug ihnen diesen prächtigen Duft zu. Selbst das Sandmännchen bekam davon Kuchenappetit; es wischte sich den Mund sehr umständlich und tat so, als ob es niesen müsste, damit man's nicht merken sollte.

Der Weg, auf dem sie durch das Tannenwäldchen gin-

gen, war mit vergoldetem Schokoladenplätzchenkies bestreut. Das roch natürlich auch gut. Anneliese schnabulierte schnell mal ein Plätzchen und Peterchen auch. Wirklich, es waren Schokoladenplätzchen! – und was für welche! – hmmm!
Nun waren sie aus dem Wäldchen heraus!
Einen Augenblick blieben sie stehen, vor Erstaunen ganz starr über das, was sie jetzt vor sich sahen. Kein Traum hätte jemals etwas so Schönes zaubern können!
Eine weite, weite Landschaft lag vor ihnen: Gärten und Felder, Wälder und Wiesen, Hügel und Täler, Bäche und Seen, von einem goldenen Himmel hoch überspannt.
Eine Spielzeuglandschaft war es, die fast so aussah wie eine richtige Landschaft; und doch anders, ganz anders – viel, viel zauberhafter. Nicht wie in einer gewöhnlichen Landschaft wuchsen da Kartoffeln oder Bohnen, Gras oder Klee, sondern hier wuchs das Spielzeug. Alles, was man sich nur irgend denken kann, wuchs hier; von den Soldaten bis zu den Püppchen und Hampelmännern, von den Murmelkugeln bis zu den Luftballons.
Auf bunten Feldern und Wiesen, in niedlichen grünen Gärten, an Sträuchern und Bäumchen, überall sprosste, blühte und reifte es.

Eine Bilderbücherwiese war da, auf der alle Bilderbücher wie Gemüse wuchsen. Das sah sehr bunt und vergnügt aus; manche waren noch nicht entfaltet und wie Knospen in ihren Hüllen, kleine Rollen in allen Farben; manche waren schon auf, schaukelten im Winde und blätterten um.

Daneben sah man Beete mit Trompeten und Trommeln. Wie Kürbisse und Gurken kamen sie aus der Erde hervor. – Nicht weit davon waren große Rasenfelder mit Soldaten bewachsen, die zum Teil schon weit aus der Erde herausguckten, zum Teil noch bis an den Hals darin steckten oder erst mit der Helmspitze hervorsahen wie kleine Spargel.

Dann war ein Feld dort, auf dem die Petzbären wuchsen. Ein kleiner grüner Zaun lief ringsherum, denn einige von den drolligen Tierchen waren schon reif, von ihren Wurzeln los und purzelten quiekend herum.

Auf der andern Seite wieder waren Gärten mit großen und kleinen Sträuchern, an denen Bonbons in allen Farben und Größen wuchsen. Kleine Teiche von roter und gelber Limonade glänzten zwischen Schilfwiesen, in denen aus den raschelnden Halmen silbrige Schilfkeulen wuchsen – die Zeppelinballons. Niedliche, summende Flugmaschinen flogen dort als Libellen herum.

Ganz besonders schön waren auch die großen Tannen, an denen die vergoldeten Äpfel und Nüsse wuchsen,

und die Pfefferkuchenbäume. Sie standen meistens in Gruppen auf kleinen, runden Plätzen mit Krachmandelkies.
Überall hörte man in Bäumchen und Sträuchern eine süße Zwitschermusik. Die kam von den bunten Spielzeugvögelchen, die zwischen Pfefferkuchenzweigen und Bonbonknospen herumhuschten. Sie hatten dort ihre Nesterchen, in denen sie fleißig Pfefferminzplätzchen legten. Viele brüteten auch, damit noch mehr Vögelchen zu Weihnachten auskröchen. Sie sind ja sehr beliebt bei den Kindern auf der Erde; besonders wenn sie mit Plätzchen gefüllt sind – man weiß das.
Das Schönste aber, was man hier sehen konnte, war eigentlich der Puppengarten. Ein ganzer Wald von bunten Büschen und Bäumchen auf grünem Sammetrasen, von einem goldenen Zaun umgeben. An den Büschen und Bäumchen saßen Tausende und Abertausende von Puppen und Püppchen. Wie kleine Blumen wuchsen sie an den Zweigen; zuerst nur Knospen von Sammet oder Seide, dann Blümchen mit kleinen Gesichtern in der Mitte und dann endlich Püppchen oder Puppen mit Haar, Schuhen und Schleifen in allen Größen und Farben. An feinen, silbernen Stielen hingen sie von den Zweigen und konnten abgepflückt werden. Ein kleiner See war auch im Puppengarten, ganz bedeckt mit wunderschönen Wasserrosen. Wenn die aufblühten und ihre weißen oder gelben seidenen Blätter auseinander falte-

ten, so gab es einen kleinen, klingenden Knall und in der offenen Blume lag ein rosiges Badepüppchen. Sehr lustig war das!

Ja – und dann gab's noch so einen kleinen, seltsamen Wald, ein wenig versteckt in einem tieferen Tal, so seitwärts, hinter einer Marzipanschweinezüchterei. Ganz kahl war's da, ohne ein Blättchen; nur Bäumchen mit Ruten. Immerfort pfiff ein Wind, dass die Ruten sich bogen. Kein Vögelchen zwitscherte, kein Flugmaschinchen summte – es war nicht sehr freundlich in dem Wald. Man brauchte ihn eigentlich auch gar nicht zu bemerken, so versteckt lag er.

Aber er war doch da auf der Weihnachtswiese – der Rutenwald.

Man kann sich wohl denken, wie den Kindern zu Mute war, als sie alle diese zauberhaften Dinge sahen, während sie an der Hand des Sandmännchens über Krachmandel- und Schokoladenwege, über Zuckerbrücken und Marzipanstraßen hinwanderten zu einem kleinen, sanft leuchtenden Berge, der die Mitte des Ganzen bildete.

Dort liefen alle Wege und Straßen zusammen auf einen von Tannenbäumchen umhegten Platz. Auf diesem Platze aber – ja, das war das Allerschönste! – stand die goldene Wiege des Christkindchens.

Neben der Wiege, auf einem schönen, himmelblauen Großvaterstuhl saß der Weihnachtsmann in seinem pelzverbrämten Rock mit einer silbergrauen Pudelmütze und schneeweißem Bart. Er hatte eine lange, schöne Pfeife mit bunten Troddeln im Munde, aus der er ab und zu großmächtige Wolken in die Luft paffte. Dazu wiegte er leise die goldene Wiege und über der Wiege schwebte still ein leuchtender Heiligenschein.

Es war sehr feierlich, es war sehr schön!

Nun sah der Weihnachtsmann die kleinen Besucher, die da ankamen.

Ein freundliches Lächeln huschte über sein Gesicht – er wusste schon Bescheid –, er stand auf, kam ihnen entgegen und sagte:

»Ei, ei, das ist mir eine Freude!
Guten Tag, ihr lieben Kinderchen beide
Und Sandmännchen und Maikäfermann;
Willkommen hier auf der Weihnachtswiese!«

Und dann gab er den Kindern die Hand.

Peterchen war noch ein wenig schüchtern und Anneliese erst recht; es war auch wirklich ein sehr feierlicher Augenblick. Aber der gute Weihnachtsmann streichelte ihnen die Köpfe und die Bäckchen und sagte:

»Nun Peterchen? – nun Anneliese?
Jaja, ich kenn euch, wisst ihr's nicht mehr?
Ich kenne euch gut, noch von Weihnachten her!
Artig wart ihr alle beide;
Ich weiß es, ihr macht eurem Mütterchen
Freude.«

Die Kinder erinnerten sich natürlich ganz genau, wie der Weihnachtsmann damals gekommen war mit Nüssen und Äpfeln und das Weihnachtsbäumchen gebracht hatte. Wahrscheinlich hatte er auch die vielen anderen schönen Sachen gebracht, die nachher auf dem Weihnachtstisch lagen. Das dachten sie sich jetzt, nachdem sie gesehen hatten, dass hier alles Spielzeug wuchs.

Der Weihnachtsmann hatte nämlich damals lange mit

Muttchen gesprochen, nachdem sie ihren Spruch schön hergesagt hatten, und dann aus einem großmächtigen Sack, der ihm über den Rücken hing, alles Mögliche herausgenommen. Muttchen hatte das schnell in die Weihnachtsstube gebracht; dann hatte der Weihnachtsmann genickt, genauso freundlich wie jetzt, und war verschwunden.

Natürlich kannten sie ihn!

Und so fasste Peterchen sich Mut, erzählte, was er vom vorigen Weihnachten wusste, und Anneliese nickte eifrig mit dem Kopf dazu.

Ja, es stimmte! Der Weihnachtsmann bestätigte alles so freundlich, dass die Kinder jede Scheu verloren und sich zutraulich an ihn drängten.

Ein sehr spaßiges Männchen sprang da noch mit einer kleinen Gießkanne bei den Weihnachtsbäumen herum und begoss sie immerfort.

Dazu sang es mit seinem dünnen Stimmchen:

»Oh Tannebaum, oh Tannebaum,
Wie grün sind deine Blätter!
Du grünst nicht nur zur Sommerszeit,
Nein auch im Winter, wenn es schneit;
Oh Tannebaum, oh Tannebaum,
Wie grün sind deine Blätter!«

Peterchen musste plötzlich laut lachen.
Der Weihnachtsmann aber erklärte, dies sei das Pfefferkuchenmännchen, sein Gehilfe, der schrecklich viel zu tun hätte mit dem Begießen und Pflegen all der schönen Sachen. Davon wäre er zu Weihnachten so mürbe und braun. – Das Männchen sprang zwischen den Bäumchen herum wie ein kleiner Floh und begoss sie – mit Zuckerwasser!!

Am meisten aber waren die Kinder jetzt neugierig auf das Christkindchen. Auf den Zehenspitzen schlichen sie näher; denn der Weihnachtsmann sagte:

»Es schläft, um sich das Herz zu stärken,
Zu allen seinen Liebeswerken.
Derweil muss ich es wiegen und warten
Hier oben im stillen Weihnachtsgarten.
Und wenn unsre Stunde gekommen ist,
In der Winterszeit, zum heiligen Christ,
Dann weck ich es ganz leise, leise,
Und wir machen uns auf die weite Reise
Durch Nacht und Wälder, durch Schnee und
Wind,
Dorthin, wo artige Kinder sind.«

Ja, da lag es, tief in den schneeweißen Kissen, mit goldblonden, strahlenden Locken und schlief.
Die Kinder falteten leise die Hände und knieten ganz von selbst neben der Wiege nieder, so schön und so heilig war es. Als sie aber niederknieten, knieten auch der Weihnachtsmann und das Pfefferkuchenmännchen mit ihnen. In demselben Augenblick ging ein wundersames Klingen durch die Luft, als sängen tausend kleine Weihnachtsengelchen das Weihnachtslied. Als Anneliese und Peterchen es hörten, sangen sie unverzagt mit und ihre Stimmen klangen so schön mit den Engelstimmchen zusammen, dass sie ganz glücklich waren.

Während des Gesanges aber fiel vom Himmel herab ein goldener Schnee, der duftete schöner als alle Blumen der Welt. Auf allen Bäumen und Bäumchen ringsum glühten Lichterchen auf und große Sterne strahlten vom Wipfel jeder Tanne im Garten.
Himmelsschön war es eigentlich und gar nicht zu beschreiben. –
Es war aber schon wieder Zeit zur Reise. – Das Sandmännchen winkte zum Aufbruch und von fern her hörte man auch den Bären brummen und stampfen, der ungeduldig wurde wie ein Pferdchen, das nicht mehr warten will.
So gaben die Kinder dem Weihnachtsmann die Hand und bedankten sich sehr schön.
Der lachte freundlich und steckte schnell noch jedem ein ganz frisches Pfefferkuchenpäckchen ins Körbchen. Dann nickte er dem Sandmännchen zu, setzte sich in seinen Großvaterstuhl, paffte riesengroße, steingraue Wolken aus der Pfeife und wiegte das heilige Kindchen.
Dazu sprang das Pfefferkuchenmännchen im Hintergrunde zwischen den Tannen herum, begoss und sang sein Liedchen. – So war alles wieder wie vorher.
Die drei Abenteurer aber eilten mit dem Sandmännchen zum Eingangstor zurück, über die Zuckerbrücken und Schokoladenwege, schnell, schnell!
Besonders der Sumsemann hatte es eilig dabei, denn ihm hatte es am wenigsten gut gefallen. Gar nichts war

da gewesen für ihn! Lauter Zucker, Marzipan, Mandeln, Rosinen, Limonade, Schokolade! Kein Blättchen gab's, nur Tannen, Bonbonsträucher und Pfefferkuchenbäume – brrrrrrrr!! –, nein, solche Gegend passte ihm nicht!

Er hatte allerdings einen Kameraden gefunden, einen Spielzeugmaikäfer. Aber als er sich ihm vorstellte, wie sich das gehört, hatte der Kerl bloß gerasselt und geklappert mit seinen Beinen und Flügeln; nicht einmal anständig summen konnte er. Natürlich, er war aus Blech und hatte statt eines klopfenden, ritterlichen Käferherzens nur ein paar blecherne Räder und eine Uhrfeder in der Brust.

Aber sechs Beinchen hatte dieser Blechkerl! Das war wirklich ärgerlich! Er, ein echter Maikäfer, wurde von

dem Rasselfritzen mit einem Beinchen übertroffen. So packte ihn wieder die grimmigste Sehnsucht nach seinem Beinchen und emsig, wie ein Feuerwehrmann, wenn's brennt, lief er neben den Kindern her. Endlich ging's ja zum Beinchen, zum Mondberg, zur Erfüllung des großen Wunsches der Sumsemänner!

Da taten sich vor ihnen auch schon die Tore auseinander, der Bär stand schnaufend zum Ritt bereit und schüttelte vor Freude den dicken Kopf, dass seine kleinen Reiter wieder da waren.

Schnell saßen sie auf seinem Rücken im weichen Fell.

Vor ihnen lag die weite Mondlandschaft, hinter ihnen schlossen sich leise die Tore der Weihnachtswiese und . . . fort ging's über den watteweißen, sonderbar schimmernden Boden des Mondes, dem großen Berg zu, der mit seinen seltsamen Formen wie ein riesenhafter Schlagsahnekegel vor ihnen in der Ferne lag.

Das Osternest

Hoppla! . . . hoppla! . . . holterdipolter! . . . ging's durch die Mondgegend, dass nur so die Steinchen stoben.

Ja, waren es eigentlich Steinchen? Es klang manchmal wie Glas, wenn der Bär mit seinen Tatzen so ein Stück Mondkruste abschlug, und sah aus wie Zucker; manchmal knisterte es wie Schnee und staubte um die Reiter her, dass sie die Augen zumachen mussten, und manchmal war der Boden glatt und weich wie Gummi, der unter jedem Tritt wippte und schwippte. Dann machte der Bär so komische Sätze, dass sie beinahe von seinem Rücken herunterpurzelten.

Der Sandmann kannte die Landschaft aber und rief immer vorher zur Warnung: »Achtung – Kopf beugen!«

Dann ging es über so ein Krustengebirge. Die Kristalle sausten und prasselten ihnen um die Ohren, dass sie sich tief auf das dichte Fell des Bären ducken mussten, um nicht Beulen am Kopf zu bekommen.

Oder er rief: »Achtung – Augen zu!«

Dann stürmte der Bär durch eine Mondwüste, dass sie

hinterher wie die Müllerjungen aussahen von dem weißen Staub.
Oder es hieß: »Festhalten! – Gummiteich!« –
Dann ging es über so eine Schwabbelgegend, auf und nieder, wipp und wapp, dass man denken konnte, der Bär sei vollständig betrunken.
Als sie aber Bescheid wussten, wie man sich zu verhalten hatte, machte es natürlich großen Spaß und sie mussten schrecklich lachen; besonders wenn eine Gummigegend kam. Ein schöneres Wippespiel, als der Bär mit ihnen auf diesen Gummiteichen vollführte, gab es doch sonst nirgends auf der ganzen Welt. – Das kann man sich wohl denken.
Und nun kamen sie in die Nähe des Osternestes.
Wie von der Weihnachtswiese alles Spielzeug und alle Weihnachtssüßigkeiten kommen, so kommen aus dem Osternest die Ostereier.
In einem weiten, weißen Tal lag ein riesengroßes, grünes Nest. Es war wohl so groß wie ein Berg.
Auf dem Rande des Nestes saßen ringsherum viele, viele tausend Hühner in allen Farben; grüne, blaue, weiße, gelbe, rote, schwarze, bunte, gestreifte und gesprenkelte, eines dicht neben dem anderen, fein ordentlich die Schwänzchen nach innen, die Schnäbelchen nach außen gekehrt.
Über dem Nest hing ein Strick vom Himmel herunter mit einem schönen gelben Ring am Ende. In dem Ring aber saß ein großer Gockelhahn. Der schlug alle zwei

Augenblicke mit den Flügeln und krähte – kikeriki-i-i-ieh! ...
Und jedes Mal, wenn er krähte ... klack! ... legte jedes von den Hühnern ein schönes, farbiges Ei von Zucker, Schokolade oder Marzipan, je nach der Farbe des Huhnes.
Die Eier kullerten alle in das Innere des großen Nestes hinunter und wurden dort von vielen Tausenden kleiner, schneeweißer und knallgelber Osterhäschen aufgesammelt, fein säuberlich in Körbchen und kleine Taschen gepackt und ordentlich aufgestapelt.
»So geht das immerfort«, erklärte der Sandmann im Vorüberreiten; »der Hahn kräht, die Hühner legen, die Häschen sammeln und verpacken, bis das ganze riesengroße Nest voll ist. Und dann ist Ostern. In der Nacht vor Ostern aber nimmt jedes Häschen seine Eierlast huckepack und hoppelt damit zur Erde hinunter. Dort hat jedes Haus, in dem Kinder wohnen, sein bestimmtes Häschen, das in der Osternacht die Eier bringt.«
Das alles war natürlich schrecklich interessant. Peterchen und Anneliese wollten so gern ihr Häschen noch entdecken; aber es war keine Zeit, sie ritten zu schnell.
»Es ist ein gelbes Häschen!«, sagte der Sandmann, als Peterchen ihn fragte. Da waren sie auch schon vorbei und hörten nur noch von fern ein paar Mal den großen Hahn krähen.

Immer mehr näherten sie sich jetzt dem großen Mondberg. Himmelhoch ragte er in die geisterblaue Nacht vor ihnen auf, steil und spitz. So einen Berg gab es nirgends auf der Erde; so seltsam hätte man ihn sich nicht einmal träumen können; wie von wachsweißem Teig war er oder von gefrorener Schlagsahne.
Hopp! ... sprang der Bär über einen hohen Wall, der rings um den Berg herumlief, und nun waren sie am Ziele ihres großen Rittes, in einer finsteren Schlucht, am Fuße des Mondberges – bei der Mondkanone.

Die Mondkanone

Ein bissel unheimlich sah es doch in der Schlucht aus. Da waren so finstere Schatten und so sonderbar geformte Steine, dass man sich eigentlich hätte fürchten können, wenn man Zeit dazu gehabt hätte. Wenn man aber keine Zeit dazu hat, dann fürchtet man sich eben nicht. Das ist eine alte Geschichte.

»Halt, Petz!«, rief das Sandmännchen plötzlich.

Der Bär war noch so im Lauf, dass er auf allen vieren ein Stück weiterrutschte, ehe er sich gebremst hatte. Dicht neben einem großen Felskegel, der einen pechschwarzen, langen, spitzen Schatten über einen freien Platz warf, hielt er still. Genau an der Stelle, wo der Schatten aufhörte, stand die Mondkanone auf einem kleinen grauweißen Hügelchen. Sie war halb darin versunken und musste wohl schon viele tausend Jahre hier stehen, denn der Mondstaub lag so dick auf ihr, dass nur hie und da noch das Metall des gewaltigen Kanonenrohres ein wenig hervorblitzte.

Aus grauem Silber war dieser Kanonenlauf; noch dicker als ein Regenwasserfass und wohl zehnmal so lang. Ein

kleines Leiterchen lehnte neben der Mündung, die steil in die Luft gerichtet war, und nicht weit davon stand ein Kanonenwischer, zum Putzen des Laufes, ehe geschossen wird. Der Wischer sah eigentlich sehr lächerlich aus, wie eine mächtige, kreisrunde Igelbürste mit einem langen Stiel daran.

»Wir sind am Ziel der Reise!«, sagte jetzt das Sandmännchen. Also kletterten sie eiligst von dem Großen Bären herunter, der sich augenblicklich zum Heimgalopp umdrehte; er hatte seine Pflicht getan, wollte sein Futter haben und seine Ruhe im Bärenstall. Damit hatte er natürlich Recht, bekam zum schönen Dank von den Kindern noch ein Äpfelchen, vom Sandmann einen freundlichen Klaps auf den dicken Bärenschinken und trottete davon.

Die drei Abenteurer aber standen am Fuße des himmelhohen Berges und das Sandmännchen nahm eine sehr feierliche Miene an.

Jetzt kam nämlich das große Ereignis, dessentwegen sie die Reise gemacht hatten: die Begegnung mit dem Mondmann und die Eroberung des Beinchens.

Hoch oben, auf der höchsten Spitze des Berges, hauste der Mondmann und dort stand auch in einem kleinen Wald die Birke, an der das Beinchen damals hängen geblieben war.

Mit großer Wichtigkeit erklärte der Sandmann den Kindern, dass er sie jetzt in die Kanone hineinladen würde, zuerst den Sumsemann, dann das Peterchen, dann die kleine Anneliese, denn man müsse auf den

Berg hinaufgeschossen werden; anders sei es unmöglich, dort hinaufzukommen. Wenn sie aber alle oben wären, müssten sie in dem kleinen Wald das Beinchen suchen, es von dem Bäumchen herunternehmen und dem Sumsemann vorsichtig, an der richtigen Stelle, mit Spucke wieder ankleben. – Sollte ihnen beim Suchen etwa der Mondmann begegnen, der dort oben immerfort herumliefe, so sei das auch weiter nicht schlimm. Artigen Kindern könne er nichts tun, wenn er auch noch so grimmig täte. Würde aber der gräuliche Kerl gar nicht zu besänftigen sein, dann gäbe es ein unfehlbares Mittel: Die Kinder sollten nur ihre Sternchen zu Hilfe rufen. Sie würden schon sehen, wie das dem Mondmann bekäme.

Als das Sandmännchen mit seiner Erklärung fertig war, schnaubte es sich die Nase, denn ihm war wieder ziemlich gerührt zu Mute. Dass es von den beiden, lieben Kindern Abschied nehmen sollte, ging ihm doch nahe; und schließlich – der Mondmann da oben? – Es könnte möglicherweise einen wirklichen Kampf geben und einfach war das nicht.

Als die Kinder merkten, dass dem guten Sandmännchen so ein wenig weich ums Herz war, fielen sie ihm plötzlich um den Hals, um sich zu bedanken, und gaben ihm herzhafte Küsschen.

Na, das war was für das Sandmännchen!
Nun aber hieß es, ans Werk zu gehen; denn, kam der Morgen, ehe die Kinder das Beinchen hatten, so war alles umsonst.
Der Sandmann ergriff den Kanonenwischer, kletterte auf dem Leiterchen zur Mündung der Kanone und putzte den Lauf umständlich und gründlich.
Es war ja, seit der Mondmann damals vor tausend Jahren hinaufgeschossen wurde, nicht mehr daraus geschossen worden; und wenn der Lauf innen nicht so blitzblank war wie eine Kakaobüchse, konnten sich die Kinderchen leicht beim Herausfliegen die Nasen abscheuern.
Ernsthaft und aufmerksam guckten sie zu. Ordentlich schwitzen tat das Sandmännchen, und wenn es sich mal einen Augenblick verpustete, gab es den Kindern noch gute Ratschläge, wie sie den Mondmann behandeln müssten; natürlich höflich, denn auch die rohesten und grässlichsten Leute muss man immer höflich und freundlich behandeln, dann werden sie nämlich meistens verlegen und ganz zahm.
So, jetzt war der Lauf blank!

»Vorwärts, Sumsemann! Rein in die Kanone!«, rief das Sandmännchen.
Ja . . . wo war denn der? Nirgends war der Maikäfer zu sehen!

»Er hat sich gewiss versteckt, weil er immer so Angst hat«, meinte Anneliese.
Na, das hatte gerade noch gefehlt! Um sein Beinchen ging es und da kniff er womöglich im letzten Augenblick aus, der Jammerpipps? –
Peterchen fand das höchst unmännlich.
Sie machten sich natürlich schleunigst auf die Suche nach dem Auskneifer und richtig! – da lag er hinter der nächsten Felsennase, ganz still, und stellte sich tot. So ein Feigling!
Sandmännchen packte ihn am Kragen und rüttelte ihn gehörig.

»Summ – Summ – wenn es schießen tut,
Hab ich Angst – hab ich Angst – ich geh
kaputt!«,

stotterte der edle Ritter, als man ihn zur Rede stellte.
»Ach was«, polterte der Sandmann, »seinetwegen wird die Sache gemacht und da strampampelt Er hier? Vorwärts – rein in die Kanone!«
Im Augenblick war er gepackt, hochgehoben, und obwohl er wie toll zappelte, köpflings in den Lauf gestopft. Die Kinder mussten laut lachen, so komisch sah das aus. Sandmännchen aber lief geschäftig zum hinteren Ende der Kanone, richtete die Mündung nach dem Gipfel des Berges, zielte genau, rief: »Achtung – Augen zumachen!«, und riss an der dicken Abzugsschnur.

Bums!!! ... gab es einen gewaltigen Knall, ein dicker Dampfstrahl fuhr aus dem Lauf der Kanone und mitten darin sah man den Sumsemann wie ein braunes Kanonenkügelchen gen Himmel sausen.
Der Sandmann beobachtete den Schuss ganz genau. – Ja, er hatte gut gezielt; der Maikäfer war oben!
Nun kam Peterchen an die Reihe. Er wurde hochgehoben – »Glück auf die Reise!«, sagte das Sandmännchen und ließ ihn sacht in den Kanonenlauf hinunterrutschen.
Komisch war's da drin, wirklich wie in einer großen Kakaobüchse!
Peterchen wollte sich gerade noch ein bisschen diese sonderbare Umgebung ansehen, da hörte er, wie draußen das Sandmännchen rief: »Augen zu!«
Schnell kniff er die Augen zu. In demselben Augenblick gab es auch schon einen Knall rings um ihn herum und – sirrrrrrr – schwirrte er aus der Kanone, in einem wunderschönen Bogen himmelwärts den Berg hinauf.
Wupp!, da saß er oben auf der Kante des Berggipfels, dicht neben dem Sumsemann.
Beide guckten sich ganz erstaunt an, aber sie hatten sich noch gar nicht so recht besonnen – bums! ... wupp! –, saß auch schon Anneliese als Dritte neben ihnen.

»Ach!«, sagten sie alle drei und sperrten die Mäuler auf. Dann aber mussten sie über ihre eigenen erstaunten Gesichter lachen. Selbst der Sumsemann grinste, nachdem er sich vorher genau befühlt hatte, ob auch noch alles heil an ihm sei.
Es war eigentlich das erste Mal, dass er grinste; seine Fühlerhörnchen bibberten ordentlich vor Vergnügen. Er war überzeugt, dass dieses Erlebnis ihn für alle Zeiten zum Helden der Maikäfer machen würde. Aus einer Kanone war noch nie ein Maikäfer geschossen worden; das war ein Abenteuer, eine Tat des Mutes und der Männlichkeit, wie sie noch keiner der vielen Frühlingsritter auf den Kastanien, Linden oder Buchen der Erde vollbracht hatte!
Er erhob sich umständlich, plusterte sich auf, dass er noch einmal so dick wurde, wie er sonst war, und spazierte mit sehr komischen stolzen Gebärden vor den Kindern umher.
Ein Denkmal muss mir gesetzt werden, dachte er; im Rasen bei der dicken Kastanie, unter einem breiten Maiglöckchenblatt und in der Stellung eines Ritters, der auf einer Kanonenmündung sitzt. An jedem Sonntagabend, wenn der Mond kommt, müssen sich alle Maikäfer der Gegend dort versammeln und ein feierliches Baßgeigenkonzert mit Paukenbegleitung veranstalten. Extra komponiert wird es zur Erinnerung an die Taten des großen Nationalhelden Sumsemann.

Er sah wirklich schon beinahe aus wie ein Maikäfer-Nationaldenkmal, als er sich nach diesem weltbewegenden Gedanken vor den beiden Kindern aufpflanzte und mit geheimnisvoll düsterem Tone sagte:

»Nun lasst uns das Beinchen suchen gehn,
Damit die Tat vollkommen werde,
Und alle Käfer staunend stehn
Vor dem Ruhme Sumsemanns auf der Erde!«

Peterchen und Anneliese mussten natürlich innerlich ein wenig lächeln über diesen komischen Stolz des guten Herrn Sumsemann; aber sie ließen sich das nicht merken, weil sie höfliche Kinder waren.
Sie erhoben sich also ebenfalls, strichen ihre Hemdchen glatt, nahmen ihre Sachen und begaben sich auf die Suche nach dem Beinchen.

Der Kampf mit dem Mondmann

Auf dem Monde war eigentlich alles sonderbar und wunderlich; aber auf dem Gipfel des Mondberges war es doch am allerseltsamsten.
Bäume standen da, die gar nicht wie Bäume, sondern wie Baumgespenster aussahen. Grauweiß waren sie und ganz gebeugt unter der Last einer uralten Asche, die wohl einst nach großen Stürmen auf dem Monde wie Schnee auf ihre Zweige niedergefallen sein mochte.
Jeder Baum warf einen langen Schatten. Pechschwarz, gleich dicken Tintenstrichen lagen diese Schatten auf dem geistergrauen Boden und sahen sehr unheimlich aus. Hin und wieder standen große, grünliche Pilze, die gewiss sehr giftig waren, zwischen den Wurzeln der Gespensterbäume und uralter, eisgrauer Schimmel hatte alle Steine am Boden dick überzogen.
Kein Ton war zu hören; kein Vogel sang, kein Lufthauch regte einen Zweig in diesem toten Walde, eiseskalt war es und grabesstill ringsum.
Die Kinder hätten sich gewiss sehr gefürchtet, wenn sie

Zeit dazu gehabt hätten; aber sie hatten so viel zu tun mit dem Suchen nach dem Maikäferbeinchen, dass sie gar nicht merkten, wie unheimlich es eigentlich hier oben war.

Man fürchtet sich wirklich nur, wenn man nichts zu tun hat. Das hatten sie jetzt schon öfter gemerkt.

Sie froren nicht einmal, trotzdem sie doch nur in ihrem Nachthemdchen waren, so emsig sprangen sie von einem Baume zum anderen und suchten nach der Birke mit dem Beinchen.

»Hurra!«, schrie Peterchen plötzlich. »Da hängt das Beinchen – ich sehe es, ich sehe es!«

Richtig! – in der Mitte eines kleinen, mit Mondstaub und Schimmel überzogenen Platzes stand einsam ein Bäumchen, das wirklich aussah wie eine tief zugeschneite kleine Birke.

Im Stamm dieser Birke steckte ein langer, rostiger

Nagel und an einem roten Bändchen hing daran ein einzelnes Maikäferbeinchen totenstill in der dunklen Luft.
Hellauf jubelten die Kinder und selbst dem Sumsemann, dem das Maikäferherz schon wieder beim Anblick dieses unheimlichen Waldes in das unterste Rockschlippchenende gerutscht war, packte die Freude bei dieser Entdeckung so, dass er die Flügel entfaltete, selig zu brummen anfing und den Kindern noch vorausfliegen wollte, trotzdem sie so schnell liefen, als sie konnten . . . Da ereignete sich etwas Unerwartetes: Hinter einem großen Stein, der neben der Birke lag, sprang plötzlich der Mondmann zähnefletschend und brüllend hervor.
Die Kinder blieben auf der Stelle stehen und fassten sich bei der Hand.

Gräulich sah der Mondmann aus! Riesengroß war er, hatte ein graues, verhungertes Gesicht, so voller Falten und Runzeln wie ein alter Stiefel. Schauderhaft hässlich war sein Mund; eine Schnauze war es fast, mit langen, gelben Zähnen; um seinen Kopf starrte verfilztes schmutziges Haar und der Bart hing in wüsten Zotteln auf seine lange, eisgraue Kutte; auf dem Rücken baumelte ihm an einem Strick ein großes Reisigbündel und in der einen Hand trug er eine mächtige, blanke Axt. So

stand er vor den beiden kleinen, mutigen Hemdenmätzen.
Mutig waren sie, das muss man sagen; denn trotzdem sie einen tüchtigen Schreck bekommen hatten, nahmen sie nicht Reißaus, wie das gewiss viele andere Kinder getan hätten, sondern blieben tapfer stehen. Peterchen machte sogar eine schöne Verbeugung, und obwohl ihm das Herz gewaltig klopfte, fragte er den wilden Mann höflich, ob er hier oben wohl ein Maikäferbeinchen in Verwahrung habe.
Der Mondmann fletschte die gelben Zähne und brüllte:

»Was wollt ihr winzigen Würmer hier?
Was wollt ihr in meinem Waldrevier?
Ein Maikäferbein, ein Maikäferbein
Soll hier auf meinem Mondberg sein?«

Peterchen erzählte ihm nun unerschrocken alles, was er von der Beinchengeschichte wusste, und Anneliese nickte immer zur Bestätigung mit dem Kopfe, denn sprechen konnte sie nicht vor Herzklopfen.
Der Mondmann aber stand dabei grimmig grinsend vor ihnen, schaukelte immer von einem Bein auf das andere und schnüffelte mit seiner Schnauze nach den kleinen Äpfelchen, die sie bei sich hatten.
Als Peterchen ihn dann am Schluss seiner Erzählung bat das Beinchen herzugeben, fauchte er:

»Du bittest mich sehr? – Was gibst du mir,
Wenn ich es dir gebe, denn wieder dafür?«

Anneliese hielt ihm schnell ihr letztes Äpfelchen hin. Rapps! ... hatte er es gefressen und schnüffelte nach Peterchens Körbchen, in dem auch noch einiges übrig war.
Höflich gab es Peterchen ... fort war's! Und während der Unhold noch diesen zweiten Apfel schmatzend verschlang, roch er schon die Pfefferkuchen, die der Weihnachtsmann ihnen mit auf die Reise gegeben hatte. Gierig wollte er sie haben.
Es war gewiss für die Kinder ein schwerer Entschluss, aber sie gaben ihm auch die schönen Pfefferkuchen.
Man musste sich wirklich ekeln und entsetzen; denn mit dem bunten Einwickelpapier und mit dem Bindfaden fraß der wüste Mann die Päckchen wie ein Ochse, der Heu frisst.
Währenddessen aber schielten seine grünen Augen schon nach dem Hampelmann, den Peterchen unter dem Arm hatte. Er wollte ihn durchaus haben, und als Peterchen ihn zögernd reichte ... nein, das war wirklich toll ... da biss er ihn mitten durch und schluckte ihn herunter, etwa wie unsereiner eine Erdbeere!
Peterchen war noch ganz starr von dem Schreck über diesen Hunger, da griff der Mondmann schon nach Annelieses Püppchen.
Das war nun sehr schlimm!

Anneliese wollte ihr Püppchen durchaus nicht hergeben und fing bitterlich zu weinen an.

»Immer her, immer her mit dem Puppenkind!
Sonst geb ich das Beinchen nicht raus! –
geschwind!«,

brüllte der wilde Mann.
Ja, um den Preis musste auch das liebe, kleine Püppchen geopfert werden.
Es war furchtbar!
Anneliese hielt sich beide Augen fest zu und weinte schrecklich, als er ihm den Kopf abbiss, dass die Porzellansplitter nur so knisterten zwischen seinen scheußlichen Zähnen. Nicht einmal in die Schnauze schnitt er sich dabei! – Das hatte sie nämlich im Stillen gehofft.
Dann war auch dies Püppchen verschlungen, das Letzte, was sie hatten. –
Der Mondmann strich sich den Bauch und leckte sich die Schnauze vor Behagen; die Kinder aber dachten: Nun ist er zufrieden und gibt uns endlich das Beinchen heraus, denn es hatte ihm doch alles, auch das Porzellanköpfchen vom Püppchen und der Sägespäneleib vom Hampelmann, prächtig geschmeckt.
Nein, der Unhold lief schon wieder schnüffelnd herum, als hätte er noch immer nicht genug!
Das war doch eigentlich toll! Peterchen war sehr entrüs-

tet über solche Gierigkeit und Unbescheidenheit und verlangte jetzt energisch das Beinchen, denn Äpfelchen, Pfefferkuchen, Hampelmann und Püppchen waren gewiss ein sehr ansehnlicher Kaufpreis. Die Kinder hatten nichts mehr zu verschenken. –

Mit glimmrigen Augen guckte der Mondmann sie an – von oben bis unten –, zog langsam ein riesenlanges Messer aus seinem Kittel, wetzte es sorgfältig an einem großen Stein vor ihnen und schmunzelte und schmatzte dazu vor sich hin:

»Zwei Menschlein kamen zu mir herauf –
Mit Haut und Haaren fress ich sie auf!
Tausend Jahr hab ich nichts gegessen!
Tausend Menschen könnte ich fressen! –
Schlachten will ich sie, langsam braten
Am Spieß; – sie werden mir wohl geraten!
Ich lasse sie backen hundert Stunden;
Dann sollen mir ihre Gliederlein munden!« –

Und damit wollte er sich auf die Kinder stürzen.
Was sollten sie nun tun?
Anneliese klammerte sich an Peterchen und dieser zog mutig sein kleines Holzschwert.
Niemand konnte denken, dass der kleine Junge damit den wilden Menschenfresser besiegen würde; aber in diesem Augenblick, als er das Schwert hob, geschah etwas ganz Unerwartetes:
Pechfinster wurde es, ein lohender Blitz zuckte und mit himmelerschütterndem Donnerschlag sprang der Donnermann aus der Weltnacht auf den Berggipfel, stürzte sich auf den Mondmann, schlug ihn – krach! – krach! – krach! – über den Kopf und stieß ihn mit einem so

fürchterlichen Fußtritt vor den Bauch, dass der widerwärtige Menschenfresser wie ein Sack auf dem Boden herumkollerte.
Dann war der Donnermann wieder in der Nacht verschwunden und nur ein fernes Rollen hörte man noch, das bald verklang.
So schnell war das alles geschehen, dass die Kinder kaum Zeit hatten es richtig zu begreifen.

»Oh weh, mein Bauch! – oh weh, mein Bein!
Verfluchte Pein! – verfluchte Pein!«,

schrie der Mondmann und wälzte sich auf dem Boden zwischen den Bäumen herum. Fast mussten die Kinder lachen, so sonderbare Verrenkungen machte er dabei.
Er hatte so furchtbare Hiebe bekommen, dass er sich vor Schmerzen bog wie eine Riesenmade. Trotzdem versuchte er wieder auf die Beine zu kommen und schnaufte:

»Das war der Donnermann, ihr Kröten!
Ihr habt ihn wohl um Schutz gebeten?
Es soll euch aber Donnern und Blitzen
Vor meinem Grimm und Hunger nicht
schützen!
Ich schlachte euch doch und brate mir fein
All eure weißen Gliederlein!« ...

Da kam er auch schon hoch, griff nach dem Messer und wollte sich zum zweiten Mal auf die Kinder stürzen.

Peterchen hob sofort wieder sein Schwert gegen ihn, und als habe er auf dieses Kommando des kleinen Jungen nur gewartet, tauchte jetzt mit weit geblähten Backen der dicke Wassermann aus der Tiefe herauf.
Ehe sich der Mondmann recht besonnen hatte, schoss ihm aus dem breiten Froschmaul des Wassermanns ein eiskalter Wasserstrahl mit solcher Gewalt mitten ins Gesicht, dass er sich nach hinten überschlug und zum zweiten Male am Boden herumwälzte. Er wollte natürlich brüllen; aber, kaum riss er die Schnauze auf . . . zisch! . . . fuhr ihm der Wasserstrahl hinein, sodass er nur glucksen und prusten konnte; und nicht eher hörte der Wassermann zu spritzen auf, bis der Mondmann triefend von dem eiskalten Wasser wie ein Toter dalag; dann sagte er befriedigt ein paar Mal: »Blubberquacks«, nickte den Kindern gutmütig zu und versank wieder.
Diesmal war es wirklich so komisch gewesen, als der Mondmann umgespritzt wurde und immer nur prusten und glucksen konnte, wenn er brüllen wollte, dass selbst Anneliese lachen musste.
Überhaupt waren beide Kinder jetzt schon viel beherzter als zuerst, nachdem sie erfahren hatten, wie die guten

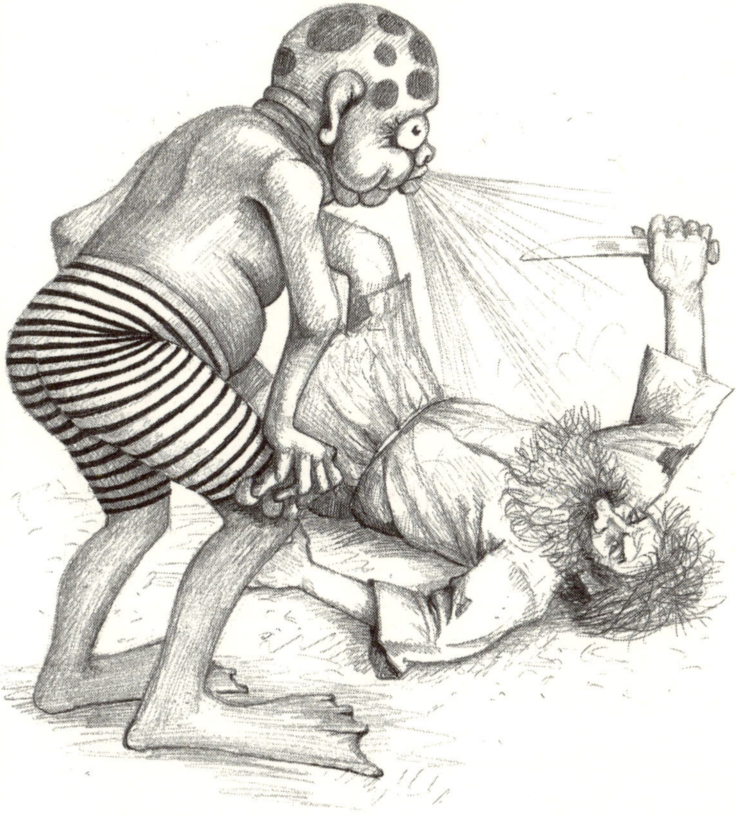

Naturkräfte ihnen treuen Beistand leisteten, wenn es sehr gefährlich wurde.
Darum gingen sie nun auch ganz ruhig ein Stückchen näher an den umgespritzten Menschenfresser, um ihn sich zu begucken.

Da lag er, nass wie ein Pudel; aber doch noch nicht ganz so leblos, denn von Zeit zu Zeit schnaufte er. – Peterchen dachte einen Augenblick, man könnte nun wohl das Beinchen holen; aber da bewegte sich der wüste Riese schon wieder. Er kollerte ein paar Mal herum, vorwärts und rückwärts, und keuchte:

»Hat er mich auch halb totgespritzt,
Es hat euch Kröten doch nichts genützt!
Ich komme schon hoch – ich will mich schon
rappeln!
Ihr sollt mir dennoch am Bratspieß zappeln!«

Da war er auch schon wieder auf den Beinen und taumelte auf sie zu.

»Trotz Donnerbrummen und Wasserspritzen,
Sollt ihr brutzeln und braten und knusprig
schwitzen!«,

brüllte er und schwang mit gräulichem Grunzen das Messer.

Jetzt hob Peterchen zum dritten Male sein kleines Holzschwert und zum dritten Male geschah etwas für den Mondmann ganz Unerwartetes:

Rauschend fuhr es aus der Höhe herunter, mit pechschwarzen, riesigen Flügeln. Über den Mondberg hin ging ein Wirbelwind, dass sich die grauen Bäume, die so tot und unbeweglich gestanden hatten, knisternd bogen, gleich Grashälmchen auf einer Wiese.
Was war das?
Der Sturmriese kam den Kindern zur Hilfe. Mit seinen mächtigen Fäusten riss er im Walde den dicksten Baum aus dem Boden, warf ihn krachend über den Mondmann und war im Nu wieder fort, wie er im Nu gekommen war. –
Das ging wieder so schnell, dass man sich kaum darüber besinnen konnte, und die Kinder merkten erst richtig, was geschehen war, als sie den Mondmann jetzt wie einen geprügelten Riesenhund vor Wut und Schmerz aufheulen hörten. – Unter dem Baumstamm lag er festgeklemmt auf dem Boden, konnte sich nicht rühren und brüllte so fürchterlich, dass der ganze Berg davon zitterte.
Peterchen hatte jetzt natürlich einen gewaltigen Mut. Er wusste, dass auf sein Kommando die großen Naturgewalten herbeikamen. Also ging er unverzagt, sein kleines Schwert in der Hand, ganz dicht an den gefangenen Unhold heran und sagte: »Siehst du, Mondmann, das kommt davon, dass du das Beinchen nicht herausgeben und uns auffressen wolltest, trotzdem wir dir schon so viel zu essen gegeben hatten. Nun bist du gefangen und kannst nichts machen und wir, wir holen das Beinchen und lachen!«

Anneliese aber machte ihm eine lange Nase und sagte: »Ätsch!« Man kann sich wohl denken, wie das den Mondmann ärgerte. Er pfiff vor Wut wie ein verrostetes Türschloss, spuckte nach den Kindern und fletschte die Zähne.

»Oooh! Wenn auch Feuer, Wasser und Wind
Mit euch im Bunde gegen mich sind;
Wartet nur, wartet, ich will mich schon rächen,
Euch freche Wichte noch spießen und stechen!«

So fauchte er und zerrte dabei wütend an dem Baum, unter dem er festgeklemmt lag.
Furchtbar stark musste er sein, denn wirklich bewegte sich der dicke Stamm über ihm von seinem wütenden Rütteln so, dass Peterchen schnell zurücksprang.
Es war auch die höchste Zeit gewesen! – Krick – krack! – brachen ein paar Äste, der Baum rollte schwerfällig herum und der Mondmann kam frei. Dicken Schaum hatte er vor Grimm an der Schnauze.

»Jetzt ist es mit eurer Frechheit vorbei!
Jetzt hau ich euch mit der Axt entzwei!
Jetzt stampfe ich euch zu Mus und Brei!«

So heulte er, griff nach seiner mächtigen, blanken Axt, da ihm das Messer vom Sturmriesen zerbrochen worden war, und stürzte vorwärts . . .

Peterchen hob wieder sein Schwert, aber im Augenblick hatte der Mondmann es ihm aus der Hand geschlagen.
Da rief Anneliese plötzlich ganz laut:

»Sternchen – Sternchen – kommt herbei!«

Die Kinder wären ganz gewiss verloren gewesen, wenn Annelieschen nicht gerufen hätte, denn Peterchen war im Augenblick so erschreckt, dass er nicht wusste, was er tun sollte. Auf Annelieses hellen Ruf aber geschah jetzt das Wunderbarste:
Ein weißes Leuchten ging vom Himmel nieder und neben den Kindern standen, in einer Geschwindigkeit, die man nicht ausdenken kann, ihre beiden Sternchen mit gegen den Mondmann hoch erhobenen Händen.
Blendendes Licht strahlte von diesen Händen gegen die weit aufgerissenen Augen des Unholdes, als er eben die Kinder packen wollte. Er stutzte, als sei er mit einem Hammer vor den Schädel geschlagen, taumelte zurück, ließ die Axt fallen und fuhr sich mit beiden Händen an die Augen.

»Nanu – was ist das? – bin ich blind?
Ich sehe nicht mehr, wo die Kröten sind!

Ich kann sie nicht finden – ich kann sie nicht
sehen!«,

keuchte er, tappte tollpatschig im Walde herum und stieß immerfort, weil er vollkommen geblendet war, mit seinem dicken Kopf an die Bäume und Felsen. »Au!«, brüllte er jedes Mal und torkelte weiter.

»Hier müssen sie sein! – Dort müssen sie
stehen!«,

schnaufte er und lief – bums! – genau in der verkehrten Richtung wieder gegen einen spitzen Felsen, dass ihm das Blut nur so herausspritzte. – Aber trotz allem rappelte er sich wieder hoch und lief wie ein Besessener weiter. Schließlich hörten sie nur noch ganz fern, wie er schrie:

»Ich fress euch mit Haut und Haaren,
Gezücht!
Ihr entgeht mir nicht – ihr entgeht mir nicht!«

Die Kinder waren so erstaunt, dass sie gar nichts sagen konnten; sie schmiegten sich nur ganz dicht an ihre Sternchen und waren sehr froh.
Für einen Augenblick war es ganz still, dann beugten sich die Sternchen liebreich, jedes über sein Kind, hauchten ihnen einen leisen Kuss ins Haar und sagten mit ihren silberreinen Stimmchen:

»Macht schnell, macht schnell, verliert keine
Zeit!
Lebt wohl, der Tag ist nicht mehr weit!«

Fort waren sie, wie sie gekommen waren, und die Kinder blieben allein.

Das Beinchen

»Keine Zeit verlieren!«, hatten die Sternchen gerufen. Nun hieß es also, schnell das Beinchen zu holen! Peterchen machte sich denn auch sofort ans Werk, kletterte an der Birke hinauf und knüpperte es von dem Nagel, an dem es tausend Jahre gebaumelt hatte, während Anneliese unten, die Ärmchen reckend, auf den Zehen stand, um das berühmte Urgroßvater-Beinchen in Empfang zu nehmen.

Es war ein sehr feierlicher Anblick!

So! Nun hatte Anneliese das Bein und sie stolzierten mit ihrer Trophäe zum Sumsemann, der sich natürlich schon im ersten Augenblick der Begegnung mit dem Mondmann totgestellt hatte. Er lag, als gehöre er überhaupt nicht dazu, in einer Ecke, zwischen Giftpilzen und beschimmelten Steinen, ein braunes, unscheinbares Klümpchen. Es war gar nicht leicht, ihn zu erkennen.

Sie betrachteten den scheintoten Helden eine Weile und freuten sich, was er nun wohl für ein Gesicht machen würde.

Dann aber suchten sie sich an ihm die Stelle für das Beinchen. Peterchen fand ein kleines Loch unter dem dritten, schwarz-weißen Westenstreifen; da musste es bestimmt hin.
Anneliese spuckte also tüchtig auf das obere Urgroßva-

ter-Beinchenende und dann drückten sie es mit vereinten Kräften in das Loch hinein. Anstrengend war das, ordentlich ächzen musste Anneliese dabei.
Endlich saß es! Sie probierten und fanden, dass es wirklich ganz ungeheuer fest saß, sodass es gewiss nicht so leicht wieder abgerissen und abgehauen werden konnte.
Es ist ja bekannt, dass Spucke wunderschön klebt.
Als sie mit diesem Geschäft fertig waren, gingen sie mit großer Freude daran, den Maikäfer zu wecken.
Sie rüttelten und schüttelten ihn; aber er war so in Angst, dass er sich toter stellte als jemals vorher; und als Peterchen ihn mit seinem Namen anrief, brummte er nur immer ganz leise: »Ich bin tot, ich bin ganz tot, ich kann nicht mehr totgemacht werden, weil ich schon ganz tot bin!«
Schließlich schrie ihm Peterchen in die Ohren:

»Herr Sumsemann, Herr Sumsemann!
Sehn Sie sich mal Ihr Beinchen an!«

Da fuhr der dumme Kerl wie ein erschreckter Floh in die Höhe und glotzte in die Gesichter der Kinder. »Hat er euch gefressen, der Mann?«, fragte er ganz verängstigt, obwohl er doch eigentlich sehen konnte, dass sie nicht gefressen waren, weil sie vor ihm standen.
Natürlich quietschte Anneliese nur so vor Vergnügen über solch dumme Frage. Peterchen aber nahm eine sehr

wichtige Miene an, zeigte auf das angeklebte Beinchen und sagte noch einmal: »Herr Sumsemann, sehn Sie sich bitte Ihr Beinchen an!« Der dicke Kastanienritter schien immer noch nicht recht zu begreifen, was er tun sollte, so zögernd sah er nun an sich hinunter . . . Da! . . . als hätte der Blitz plötzlich vor ihm eingeschlagen, erfasste er, was vorgegangen war. Er sprang auf, kreiselte und tanzte um die Kinder herum und sang:

»Summ – Summ – Hurra! Summ – Summ –
Hurra!
Mein Beinchen ist da, mein Beinchen ist da! –
Ich dank euch, ich dank euch viel tausendmal!
Nun hat sie ein Ende, die alte Qual,
Der Sumsemänner fünfbeiniges Leid;
Zwei Kinderchen haben uns befreit
Von dem schrecklichen Fluch. Hurra – hurra –
Das sechste Beinchen ist wieder da!«

Er war mit dem ausführlichen Freudentanz, der zu diesem Gesang gehörte, noch lange nicht fertig, als er durch eine plötzliche Erscheinung gestört wurde, die eine dringende Warnung für die drei Abenteurer bedeutete.

Es war ja den Kindern gesagt worden, dass sie noch vor Sonnenaufgang wieder zur Erde zurückkehren müss-

ten, da sie sonst nie wieder vom Monde herunterfinden würden.
Nun leuchtete plötzlich ein wundersam fremder Schein aus dem dunklen Himmel über dem Monde. Der graue Boden bekam eine Farbe gleich grün-rot überlaufenem Silber, auf allen Bäumen und Pflanzen funkelte der Mondstaub wie rosenroter Schnee. Über der höchsten Bergzinne aber, gerade vor sich, sahen die Kinder im gleichen Augenblick die liebliche Tochter der Sonne, die Morgenröte. Sie hatte die Arme über das Haupt erhoben, von ihren Händen tropften Rubinenfunken und rote Nebel wehten aus ihrem Haar.

Das Haupt weit in den Nacken gelegt, sang die Morgenröte, mit einer Stimme, die jubelnder war als die aller Lerchen und klingender als die aller Nachtigallen der Erde:

»Der Sonne goldener Wagen naht,
Von der Erde weichen die Träume,
Es kränzen des Himmels heiligen Raum
Des Tages silberne Säume.
Ich fliege über die Welt dahin,
Mit dem Bruder, dem Morgensterne;
Frühwolken wie blitzende Blumen blühn
Über der duftenden Ferne.
Schon weckt der Tag den schlafenden Hain
Zu des Frühlings leuchtendem Glück.«

Hier wandte sie lächelnd den Kindern das wunderschöne Antlitz zu und nickte voll Liebe:

»Nun eilt euch – eilt euch, ihr Kinderlein!
Kehrt schnell auf die Erde zurück!«

Dann entschwand sie wieder; hinter ihr aber blieb der große Himmel von Purpur übergossen und das blasse Mondland darunter glühte, als hätten Millionen Rosen auf einem elfenbeinfarbenen Grunde die Knospen gesprengt.
Die Kinder standen noch unbeweglich vor Staunen über

die unbeschreibliche Schönheit dieser Erscheinung; da zupfte sie der Maikäfer leise am Hemdchen, gab ihnen das rechte und das linke Vorderkrällchen und sagte mit tiefem Ernst und mit sehr feierlicher Stimme:

»Nun ist sie vorüber, die seltsame Fahrt,
Bei der ihr mir treue Begleiter wart.
Mein Beinchen habe ich endlich wieder,
So wollen wir schnell zur Erde nieder!
Fasst euch bei den Händen und, hört ihr den
Spruch,
So schließt eure Augen; in sausendem Fall
Geht's nieder in unser Heimattal.«

Die Kinder gehorchten sofort, denn sie fühlten, dass es großer Ernst war, als der Sumsemann dies sagte. Sie umfassten sich also und standen dicht aneinander geschmiegt. Der Maikäfer aber rief laut:

»Mutter Erde, wir rufen dich an:
Fern dir führte uns unsere Bahn;
Hör uns – unsere Not war groß –,
Nimm uns wieder in deinen Schoß!«

Da öffnete sich der Boden und die drei Abenteurer sanken, eng umschlungen, hinab in die Tiefe.

Wieder daheim

Als der Maikäfer seinen Spruch gesprochen hatte, war es den Kindern ganz dunkel vor Augen geworden; sie fühlten, wie der Boden sich unter ihnen auftat und wie sie in eine fast unendliche Tiefe hinabsausten. Sehen konnten sie nichts und hören konnten sie nur ein ungeheures Brausen und Summen. Krampfhaft hielten sie einander umklammert und konnten weiter nichts denken, als dass sie sich nur nicht loslassen durften.

So ging es eine ganze Weile und dann war es ihnen plötzlich, als sänge mitten in dem Brausen und Summen ein kleiner Vogel. Immer lauter wurde das Zwitschern und Singen, das Summen aber wurde immer leiser, bis es ganz aufhörte und nur noch das trillernde Vögelchen zu hören blieb. – Da wagten die Kinder die Augen aufzumachen.

Ha! . . . sie saßen in ihrem Kinderzimmerchen, eng umschlungen, im Nachthemdchen mitten auf dem Tisch!

Die Sonne warf gerade den ersten blitzenden Strahl

durch das Fenster und auf dem Fliederbusch draußen pfiff ein kleiner Zeisig vergnügt sein Morgenliedchen.
Beide Kinder waren so erstaunt, dass sie sich zunächst mit weit aufgerissenen Augen anguckten. Dann sagte Peterchen – aber erst nach einer ganzen Weile –: »Anneliese!«, und Anneliese sagte – : »Peterchen!«
Als sie dabei merkten, dass sie ganz richtig noch Peterchen und Anneliese waren und nicht etwa Fledermäuschen, Mondschäfchen oder Kanonenkugeln, platzten sie los und lachten schrecklich.
Sie hatten aber auch wirklich sehr komische Dinge erlebt und waren nach so viel Gefahren und Abenteuern, ohne eine einzige Beule oder sonst ein Wehwehchen, wieder daheim in ihrem Stübchen. Grund zur Freude war also genug.
Alles um sie her war ganz in Ordnung. Schaukelpferd, Puppenstube, Bilderbücher und . . . hurra!, das Püppchen und Hampelhänschen auch; so gesund, als wären sie niemals vom Mondmann aufgefressen worden. Selbst die Körbchen mit den Äpfeln standen hübsch auf dem Tisch, wie die Mutter sie am Abend hingestellt hatte. Das war wirklich wunderbar!
Sie waren noch damit beschäftigt, all dies jubelnd festzustellen, da hörten sie draußen die dicke Minna kommen.
Husch!, waren sie im Bettchen.

Die Minna kam herein, wie an jedem Morgen, und rief: »Aufstehen, aufstehen, Kinderlein! Die Sonne ist schon über der Wiese! Aufstehen, Peterchen, Anneliese!«

Peterchen, der kleine Strick, tat, als ob er eben aufwachte, und rieb sich umständlich die Augen. Dann fragte er ganz verschlafen, ob es schon so hell wäre.

»Natürlich!«, sagte die Minna und zog die Gardinen am Fenster zurück! . . . Summ!, schwirrte etwas in der Stube umher!

»Der Maikäfer!«, riefen die Kinder wie aus einem Munde und waren im Nu aus dem Bett . . .

Schwupp!, hatte die Minna ihn schon und wollte ihn ins Feuer stecken.

Aber da kam sie bei Peterchen schön an. »Was? Den Sumsemann totmachen? Der darf nicht totgemacht werden, der ist unser Sumsemann, den muss man fliegen lassen!«, rief er und zog sie energisch am Schürzenband.

Die Minna schüttelte den Kopf; sie konnte nicht begreifen, was das alles heißen sollte; sie war eben zu dumm, die Minna. Schließlich aber gab sie den kleinen Käfer der Anneliese auf so dringendes Bitten doch ins Händchen und ging hinaus, um die Mutter zu holen.

Kaum waren die Kinder allein, so liefen sie zum Fenster und betrachteten den Käfermatz.

Er lag in Annelieses Händchen und stellte sich tot. Natürlich, die Minna hatte ihn auch schauderhaft erschreckt!
Peterchen zählte sofort seine Beinchen ... Ja, es waren richtig sechs Beinchen!
Also, das Abenteuer war nicht umsonst gewesen, die Beincheneroberung war geglückt, wirklich geglückt, und die Sumsemanns waren nach tausend Jahren zu ihrem Recht gekommen durch die Taten Peterchens und Annelieses.
Anneliese meinte, man könne es wirklich nicht sehen, dass das Beinchen angeklebt sei, und aus tiefster Überzeugung sagte sie: »Spucke klebt schön!«
Jeder wird das glauben nach dieser Erfahrung!
Da krabbelte das Käferchen wieder. »Er merkt, dass wir es sind, und fürchtet sich nicht mehr«, meinte Peterchen und sie freuten sich beide.
Dann machten sie schnell das Fenster auf, Anneliese hielt ihr Händchen hinaus und sie sangen das berühmte Fliegeliedchen.
Der kleine Sumsemann aber krabbelte emsig auf den ausgestreckten Zeigefinger Annelieses, breitete auf der obersten Spitze seine Flügel aus und ... summ ... flog er hinaus in den blauen Morgen, über den Garten, über die Wiese, weit, weit!

»Ade, ade, Herr Sumsemann!
Kommen Sie gut zu Hause an!«,

riefen sie und winkten ihm nach.
Da kam die Mutter herein, umarmte ihre beiden Kinderchen, gab ihnen einen lieben Gutenmorgenkuss und außerdem – das war eigentlich seltsam! – jedem Kind ein schönes Pfefferkuchenpäckchen mit einem Gruß vom Weihnachtsmann.

Es waren genau die Kuchenpäckchen, die das Pfefferkuchenmännchen ihnen auf der Weihnachtswiese in der Nacht gepflückt hatte.
Nun war es klar – nun war es ganz gewiss, dass die Mutter mit dem Weihnachtsmann eng bekannt und sehr befreundet war, dass sie schon das ganze Abenteuer von ihm wusste und auch die Geschichte vom Mondmann, der alles aufgefressen hatte. – Der Weihnachtsmann hatte natürlich alles gesehen, Püppchen, Hampelmann, Äpfel und Pfefferkuchen; hatte sie aus des Mondmanns Bauch wieder herausgezaubert und der Mutter schnell auf die Erde geschickt, zur Belohnung für die Kinder.
Es war ganz gewiss so – es konnte ja gar nicht anders sein! Und hell jubelnd fielen sie ihrem lieben, lieben Muttchen um den Hals!

Nachwort

Unter den klassischen Kinderbüchern gibt es manche, deren Titel fast jeder kennt, während der Name des Autors viel weniger geläufig ist. Dies trifft auch für *Peterchens Mondfahrt* zu. So findet man zwar in größeren Lexika einen Hinweis auf das Adelsgeschlecht derer *von Bassewitz*, das seit 1341 in Mecklenburg bezeugt ist. Aber man muss schon spezielle Nachschlagwerke zu Rate ziehen, um etwas über den geistigen Vater von Peterchen, Anneliese und Herrn Sumsemann zu erfahren.

Gerdt von Bassewitz wurde am 4.1.1878 in Allewind in Mecklenburg geboren. Wie sein Vater, der Offizier in der preußischen Armee war, schlug auch er nach der Schule zunächst eine militärische Laufbahn ein, entschloss sich aber dann Schauspieler zu werden. Seit 1907 versuchte er sich auch als Schriftsteller für Erwachsene. Unter anderem verfasste er mehrere Theaterstücke, die aber nicht besonders erfolgreich waren. Immerhin konnte er es sich schließlich leisten, als freier Schriftsteller in Berlin zu leben, wo er am 6.2.1923 starb.

Ein einziges Werk war es, das seit 1911 im Sturm die Kinderherzen eroberte: *Peterchens Mondfahrt*, allerdings ähnlich wie eines seiner Vorbilder, *Peter Pan* von James Matthew Barrie, zunächst nicht als Roman, sondern als Schauspiel. Die phantastischen Abenteuer der beiden Kinder auf der Suche nach dem verloren gegangenen Maikäferbeinchen wurden rasch von vielen Bühnen als ideales Weihnachtsmärchen entdeckt. Hier zeigte man den Kindern die Möglichkeiten des Theaters. Die beiden kleinen Helden lernten das Fliegen, es donnerte und blitzte, der Wassermann blubberte, dass es eine wahre Wonne war, die Kostümbildner hatten alle Hände voll zu tun, um die vielen Märchengestalten auszustaffieren. Die Kinder und wohl noch mehr die begleitenden Erwachsenen waren begeistert. Vier Jahre später, 1915, erschien das Werk dann auch als Erzählung.

Seitdem haben mehrere Generationen von Kindern im deutschen Sprachraum Peterchen und Anneliese, sei es auf der Bühne, im Buch oder im Film auf ihrer spannenden und märchenhaften Reise zum Mond begleitet und haben auch dann noch ihre Freude daran gehabt, als 1969 der Mond zum ersten Mal wirklich von einem Menschen betreten wurde. Die graue Wüste, die dort entdeckt wurde, hält eben keinen Vergleich mit der phantastischen Milchstraßenwelt des Buches aus . . .

Natürlich kann man, wie es gelegentlich geschehen ist, kritisieren, dass in Werken wie *Peterchens Mondfahrt* die Probleme der Wirklichkeit ausgeblendet sind. Es ist richtig, dass die Vorstellung einer Weihnachtswiese, auf der das Spielzeug sprießt, davon ablenkt, dass dieses vor hundert Jahren tatsächlich von ganzen Familien einschließlich der Kinder gegen Hungerlöhne in Heimarbeit hergestellt wurde. Aber diese Kritik trifft eigentlich auf das Märchen – und was anderes als ein langes Märchen ist dieses Buch? – insgesamt zu und kaum jemand will dieses doch ernsthaft aus den Kinderzimmern verbannen.

Alles hat seine Zeit, die realistische Darstellung ebenso wie das Märchen und die Phantasie. *Peterchens Mondfahrt* ist jedenfalls auch mit über achtzig Jahren noch jung und sehr lebendig und mit Recht in dieser Reihe klassischer Kinderbücher vertreten.

Dr. Freya Stephan-Kühn

ARENA KINDERBUCH-KLASSIKER

James Fenimore Cooper, **Der Rote Freibeuter**

Louisa May Alcott, **Betty und ihre Schwestern**

Hans Christian Andersen, **Märchen**

James Matthew Barrie, **Peter Pan**

Barbara Bartos-Höppner, **Münchhausen**

Barbara Bartos-Höppner, **Till Eulenspiegel**

Gerdt von Bassewitz, **Peterchens Mondfahrt**

Lyman Frank Baum, **Der Zauberer von Oz**

Harriet Beecher Stowe, **Onkel Toms Hütte**

Waldemar Bonsels, **Die Biene Maja und ihre Abenteuer**

Frances Hodgson Burnett, **Der geheime Garten**

Frances Hodgson Burnett, **Der kleine Lord**

Arena

Gebunden. Ab 10